KB039747

삶의
무게를
줄이는
방법

인생에도 부력이 필요하다

삶의
무게를
줄이는
방법

김민영 지음

삶의 무게를 줄여 줄
당신만의 부력이 있나요?

　물고기는 몸 속에 부레라는 공기주머니를 가지고 있다.
부레에 들어가는 공기의 양을 조절할 수 있기 때문에 끝없이
가라앉지 않고 물속에서 자유롭게 헤엄칠 수 있다. 그런데 그
중에 부레가 없는 물고기가 있다. 바로 상어다. 상어에게는
부레가 없어서 가만히 있으면 물에 가라앉아 죽고 만다. 물
에 뜨기 위해, 즉 생존을 위해서라도 상어는 쉴 새 없이 지느
러미를 움직이고 꼬리를 저어야만 한다. 심지어 자면서도 움
직임을 멈춰선 안 된다. 모든 물고기가 두려워하는 바다의 제
왕 상어. 죽을 때까지 감내하고 살아야만 하는 고난과 역경
을 딛고 상어는 물고기들 중 최강자가 되었다.

삶의 고난이 크면 클수록 결과가 좋을 거라고 주장하는 사람들에게 상어의 이야기는 좋은 소재가 된다. "그것 봐. 상어가 바다에서 가장 힘이 센 존재가 될 수 있었던 건 다 생존을 위협받을 정도의 위험과 어려움이 있었기 때문이야"라며 우리를 다그친다. 지금 겪고 있는 그깟 일로 힘들다고 엄살 부리지 말고 견디고 버텨서 이겨 내라고. 누구나 자기 역할에 따른 무게를 짊어지고 산다고. 그러니 네 삶의 무게가 무거워도 짓눌려 쓰러지지 않기 위해선 쉬지 말고 더 악착같이 움직여야 한다고.

이런 말 때문에 지금까지 얼마나 많은 이가 마음에 상처를 입거나 삶의 방향을 잃고 혼란스러워 했는가. 당신도, 그리고 나도. 이 책은 누구나 상어가 되어야 한다고 강요하는 세상살이에 지칠 대로 지친 우리 모두를 위한 책이다. 일, 인간관계 등 현실의 버거운 무게에 짓눌리면서도 무너지지 않고 나를 지키기 위해 애써 온 과정이자, 여전히 진행 중인 버둥거림의 기록을 담았다.

다행히 우리는 물속에서 부레가 없이 평생을 살아야 할 비극적인 운명을 가지고 태어난 상어가 아니다. 마음먹기에 따라 부레를 가진 물고기처럼 얼마든지 물 위로 떴다가 가라앉았다가 자유로워질 수 있다. 단, 이것은 삶의 부력을 만들어 낼 줄 아는 사람에게만 해당되는 이야기다. 삶의 무게에 눌려 버티기 힘들 때 잠깐이나마 몸과 마음을 고된 삶으로부터 떠오르게 해 줄 부력. 우리 삶에도 그런 부력이 필요하다. 그것은 결국 당신이 그 누구도 아닌 '나'로 바로 설 수 있게 하는 것들, 즉 내 삶의 디테일을 살리는 사소하면서도 의미 있는 무언가다.

피할 수 없는 온갖 책임과 무게를 떠안으며, 그 고통을 삶의 동력으로 삼아 아등바등하며 살지 않아도 우리는 얼마든지 삶을 의미 있고 만족스럽게 만들어 갈 수 있다고 이야기하고 싶었다. "너보다 힘든 사람들도 많아", "넌 왜 그 정도도 못 견뎌?"라고 말하는 사람들 앞에서 주눅 들지 않아도 된다고 말하고 싶었다. 타인 때문에 스스로를 의심하고 질책하는 대신, 버거운 삶의 무게를 줄여 줄 사소하지만 소중한 것들에 집중해 보라는 말과 함께.

이 책에서는 삶의 부력을 갖는 데 필요한 몇 가지 방법을 제안한다. 나에 대한 확신 갖기, 힘 빼고 가벼워지기, 타인에게 휘둘리지 않기, 남과 비교하지 않기. 이것만 기억하며 살아도, 소중한 것들이 늘어나고 삶의 무게가 한결 가벼워질 것이다.

자기만의 부력이 있는 사람들은 인생에 짓눌려도 쉽게 무너지지 않는다. 이 책에 있는 글들이 당신 가까이에서 삶의 무게를 줄일 수 있는 힌트를 건네주고 다정한 위로를 전할 수 있었으면 좋겠다.

2018년 가을

김민영

목차

4 ___ **시작하며**

삶의 무게를 줄여 줄 당신만의 부력이 있나요?

Part 1

나에 대한 확신 갖기

15 ___ 칭찬중독자

21 ___ 삶은 불안의 연속이다

25 ___ 셀카와 자화상

32 ___ 명함보다 중요한 것

38 ___ 종이를 한 번도 보지 않고 그린 그림

44 ___ 나에게 특별하기

49 ___ 일상의 맛

55 ___ 완벽, 내가 만들어 낸 벽

62 ___ 혼자라서 외로운가요?

67 ___ 취향의 발견

Part 2

힘 빼고 가벼워지기

77 —— 삶의 무게를 줄이는 방법

84 —— 좋아하는 일과 잘하는 일이 다를 때

89 —— 나를 닮은 집

94 —— 아빠는 늘 한 걸음 떨어져 있었다

100 —— 흔적을 남긴다는 것

105 —— 폼 좀 잡고 살자

110 —— '예쁜 쓰레기'를 만드는 일

115 —— 농담하듯 살 수 있을까?

120 —— 싫어하는 것을 하지 않을 자유

125 —— 그래, 그럴 수도 있지

132 —— 반드시 찾아올 행복

138 —— 계획대로 딱 들어맞지 않는 게 인생

142 —— 엄마와 딸

Part 3

타인에게 휘둘리지 않기

149 ___ 적당히, 비굴하지 않게 나를 지키며 살고 싶다

154 ___ 내 편인 척 무례함을 일삼는 사람 대처법

161 ___ 흘러가는 인연이라면 기꺼이, 흘려보낼 것

168 ___ 갑질에 경고 버튼을 누르겠습니까?

174 ___ 소심하게, 소신 있게

178 ___ 타인 때문에 나를 억압하지 말 것

185 ___ 커피 한 짬 하실래요?

192 ___ 안경 쓰는 여자들

197 ___ 소심 남녀

204 ___ 주고받는 마음에 고마움을 더하는 일

Part 4

남과 비교하지 않기

211 __ 자기만의 속도

216 __ 보이는 만큼의 행복

222 __ 벼락치기 인생

227 __ 좋아하는 일을 하려면 '불안'을 먼저 이겨 내야 한다

231 __ 색깔 있는 사람

238 __ 나는 나를 알고 싶다

240 __ 큰일 하는 사람은 아닐지라도

245 __ 안개꽃을 닮았다

251 __ 노력의 배신, 그럼에도 노력

258 __ 까짓것 똥 밟았다 치자

263 __ 냉장고 파먹기

268 __ **마치며**

고단한 어른살이에도 분명 기댈 곳은 있다

Part 1

나에
대한
확신
갖기

칭찬중독자

~~~~~~~~~

괌 남부의 아가트항, 정박해 있던 새하얀 크루즈에 20여
명의 사람들이 올라탔다. 배는 에메랄드빛 바닷물에 흰 물거
품으로 그림을 그리며 나아갔다. 탁 트인 바다 한가운데서 맥
주 한 캔을 시원하게 들이켜며 몸에 힘을 뺀 채 출렁이는 배에
몸을 맡겼다. 바람에 흩날리는 머리카락에 얼굴이 간질거리
니, 덩달아 마음도 간질간질해졌다. '정말 돌고래를 볼 수 있
을까?' 그렇다. 우린 돌고래 원정대였다. 돌고래를 못 본다면
설렘으로 잔뜩 부푼 마음이 바람 빠진 풍선처럼 쭈글쭈글해
질 거란 걸 모두가 알고 있었다.

출항 후 얼마 지나지 않아 하늘이 살짝 흐려졌다. 바람도 거칠어졌다. 사람들은 작은 움직임 하나도 놓치지 않을 기세로 한껏 바다를 노려보고 있었다. 돌고래를 볼 확률은 70퍼센트. 하지만 한 시간이 지나도 돌고래는 모습을 드러내지 않았다. 수평을 이루던 마음의 저울에 실망감이 더해지자, 마음이 한쪽으로 서서히 기울어지는 게 느껴졌다.

"와, 돌고래다!"
바다 한쪽을 가리키며 소리치는 사람들. 그들의 손가락 끝을 따라가니 무언가가 꿈틀거리고 있었다. 배는 방향을 틀어 서서히 다가가다가 어느 정도의 거리를 두고 엔진을 껐다. 보인다! 수면 위로 떠올랐다 가라앉으며 물살을 가르는 매끈한 몸의 돌고래가 보였다. 돌고래 무리는 배의 오른쪽과 왼쪽, 양쪽에 나타났다. 배가 시동을 걸고 천천히 움직이자 앞머리에 바짝 붙어 배를 호위하듯 함께 나아갔다. 돌고래가 살짝 점프라도 하면 사람들은 아낌없이 박수를 쳤다.

다행히 운이 좋았다. 기대했던 배 높이를 뛰어넘을 만큼의 점프와 현란한 공중회전을 보진 못했지만 어쩌겠는가. 모든 일이 돌고래의 마음에 달린 것을. 돌고래의 환심 좀 사 보려고 다들 손바닥이 얼얼하게 박수를 쳤는데도 돌고래는 아랑곳하지 않고 유유히 바다를 즐기다 우리 곁을 떠났다. 우리가 할 수 있는 거라곤 그저 기다리는 것뿐이었다. 돌고래가 나타나 주길 기다리고, 돌고래의 기분이 좋아지길 기다리고, 돌고래가 좀 더 현란한 몸놀림을 보여 주길 기다리고. 사실 답답한 일이었다. 칭찬으로 돌고래를 훈련시킨 덕에 입을 벌리고 화려한 쇼를 관람한 기억을 가진 어른들이 그저 두 손 놓고 돌고래를 기다리기만 해야 하는 건.

누군가는 지루했겠지만, 또 누군가는 분명 마음이 아팠을 거다. 곡예 한 번에 물고기 한 마리, 그렇게 칭찬에 재주를 착취당했을 수족관 속 돌고래들이 생각나서. 돌고래를 향한 칭찬은 결국 사람의 욕심이었다. 아무리 많은 먹이를 주며 아낌없이 칭찬해 준다고 한들, 돌고래는 야생에서 누렸던 만큼의 행복을 느낄 수 있었을까? 당연히 아니겠지. 이렇게 생각했다가 곧 생각을 바꿨다. 섣불리 장담할 수는 없겠다고. 칭찬의 달콤함은 다른 모든 감각을 마비시킬 정도로 치명적이란 걸 알기에.

나이가 들면서 대단한 사람이 되고 싶은 마음은 사라졌지만, 그 빈자리를 하고 싶은 일을 하며 사는 사람이 되고 싶다는 마음이 채웠다. 적어도 하기 싫은 일을 하면서 월급만 기다리는 사람이 되고 싶진 않았다. 다들 그렇게 산다고 해서 나까지 순응하는 건 왠지 지는 것 같았다. 주체적으로 하고 싶은 일을 스스로 꾸려 보고 싶었다. 자유만 주어진다면 충분히 가능할 거라 믿었다.

그런데 문제가 생겼다. 난 나를 우유부단하긴 해도 고집도 만만치 않게 세고, 남의 말에 흔들리지 않는 주체적인 사람이라고 자신하며 살아왔는데, 알고 보니 생선을 받아먹고 재주를 부리는 돌고래였다. 뒤늦게 알았다. 나야말로 칭찬에 중독되어 있었다는 걸. 살면서 대단히 칭찬받을 만한 행동을 한 적도, 칭찬받고자 의도적으로 한 행동도 별로 없었다. 어쩌다 칭찬 한번 받았다고 해서 기분이 들뜨거나 우쭐해진 적도 없었다. 오히려 내겐 과분하다며 나를 한껏 낮추거나, 별거 아니라는 듯 덤덤하게 받아들였다. 그럼에도 나는 회사에서든 관계에서든 끊임없이 내 역할과 능력을 보여 주고, 확인받는 것에 익숙해져 있었다. 계속해서 내 안의 무언가를 꺼내 놓아야만 했고, 그걸 칭찬으로 확인받으면 편안해졌다. 스스로 확신하지 못해 불안하게 출렁이던 마음이 칭찬 한마디에 '그래, 잘하고 있구나' 하고 안도했다.

회사 밖에서 혼자 꾸려 가는 삶은 큰 파도를 만난 배처럼 어지럽게 흔들렸다. 파도를 멈출 수 있는 건 확신뿐이었다. 지금 잘하고 있다는 확신. 그런데 나 자신 말고는 확신을 줄 사람이 아무도 없었다. 자기 능력만큼 인정받고, 인정받은 만큼 활동하는 프리랜서의 삶은 겉보기엔 멋져 보일 수 있다. 하지만 잘하고 있다는 건 칭찬받을 일이 아니라 상대가 내게 일감을 계속 줄지 말지 판단하는 기준일 뿐이었다. 나에 대한 확신이 없으니 늘 불안했다. 칭찬이 주는 달콤함을 찾지 않아도 될 만큼 시간이 한참 흐르고 나서야 겨우 마음을 추스르고 다시 시작할 수 있었다.

수족관에서 사육된 돌고래를 다시 바다에 풀어 주려면 훈련이 필수적이라고 한다. 사육사가 던져 주는 죽은 생선 대신, 살아 움직이는 생선을 잡는 훈련. 일정한 온도를 유지하는 수족관 대신 바다의 온도와 해류의 변화에 적응하는 훈련. 사육사와의 접촉을 줄이며 돌고래 무리와 어울려 살아가는 훈련. 그렇게 다시 '돌고래답게' 사는 법을 익히며, 스스로를 믿고 거친 바다를 자유롭게 누비기 위한 자신감을 되찾는 과정이 필요할 것이다. 문득 궁금해졌다. 그렇게 방류된 돌고래는 사람이 주던 달콤한 칭찬을 그리워할까, 아니면 다시 만난 바다에서 홀가분하게 자유를 만끽할까.

칭찬에 좌우되지 않는 사람은 언제든 자기다움을 유지하는 법을 안다. 자꾸 남의 칭찬에 휘둘리다 보면 스스로를 믿지 못하는 상황이 반복돼 평정심을 잃게 된다. 독일의 심리학자 배르벨 바르데츠키Bärbel Wardetzki는 『너는 나에게 상처를 줄 수 없다』라는 책에서 자기 회의에 대해 말하고 있다. 스스로를 믿지 못하면 '마음의 감옥'을 만들게 되고, 다른 사람의 시선에서 자유로워지기는커녕 안전하고 익숙한 것에만 매달리게 된다고. 결국 인생은 끝까지 나를 믿고 가는 거다. 누가 칭찬해 주지 않아도 그 자체로 충분히 값지다.

한 놀이공원에서 10여 년을 갇혀 돌고래 쇼를 해 온 돌고래 금등이와 대포가 적응 훈련을 마친 뒤, 다시 바다로 돌아갔다. 광활한 바다를 무대로 자기 마음대로 춤추고 싶을 때 춤추고, 조용히 있고 싶을 때 사색을 즐기고, 친구들과 어울려 장난치고 싶을 때 장난치며, 그렇게 본래 자기 삶에 잘 적응하며 살길 응원한다. 그리고 뜨겁게 응원한다, 나를. 남들이 박수 쳐 주지 않아도, 충분히 잘하고 있다고 믿는다, 나를. 뭐라도 해 보려고 멈추지 않고 발버둥 치는 모습마저도 사랑스럽다, 나는.

삶은
불안의 연속이다

～～～～～

한 드라마에 '상상암'이라는 병이 등장한 적이 있다. 위암 가족력이 있고 극심한 복통과 구토에 시달리는 등장인물을 보며 마음을 졸였다. "제발 살려 주세요." "새드 엔딩은 싫어요. 얼른 치료받고 건강을 되찾게 해 주세요." 눈물 콧물쏙 빼며 지켜보고 있었는데 이 모든 게 상상이 만들어 낸 증상이었단 말을 들었을 때의 허탈감이란……. 다들 그렇게 생각했는지, 다소 황당한 극의 전개에 한동안 '상상암'이라는게 정말 존재하냐는 논란이 일었고, 이에 국립암센터가 직접상상암은 공식 질환이 아니며 정식 용어도 없다는 해명까지해야 했다.

'상상만으로 암이 걸린 것 같은 고통을 느끼다니, 이거 원 무서워서 상상도 함부로 못 하겠군.' 나는 자가의 상상력을 비웃었다. 그러다 불현듯 다른 곳으로 생각이 튀었다. 상상암이 있고 없고가 중요한 게 아니라, 인물의 극심한 불안이 몸의 고통까지 만들어 낼 정도로 컸다는 걸 보여 주려는 의도가 아니었을까. 그런 경험은 누구에게나 있으니까.

이제는 더 이상 건강을 과신할 나이가 아니다. 요즘은 몸매보다 건강을 더 챙기게 되었다. 친구들과 어떤 영양제를 챙겨 먹는지 서로 정보를 공유한다. 어디가 안 좋다고 하면 주위에선 늦기 전에 검사 한 번 해 보라며 말을 보태기도 한다. 몸에서 느껴지는 조그만 증상 하나에도 예민하게 반응하며 인터넷을 검색해 보곤 큰 병이라도 걸린 듯 불안했던 적, 다들 있을 거다. 그렇게 온갖 걱정과 불안에 시달리다 보면 없던 병도 생길 것만 같다. 오히려 병원에 가서 멀쩡하다는 얘길 듣고 나면 허탈하게 느껴질 정도. 대체 난 뭐 때문에 그동안 마음 졸이며 힘들어했던 거지, 싶어서.

쓸데없는 걱정을 유달리 많이 하는 사람들이 있다. 어디서 큰 화재가 발생했다고 하면 우리 집에도 불이 나면 어쩌나 걱정스럽다. 누가 사기를 당했다고 하면 주변 사람 중에도 나를 배신할 사람이 있지 않을까 괜히 의심하게 된다. 회사에서 쫓겨난 사람이 있으면 나 역시 상사의 심기를 건드려서 회사를 오래 다니지 못하는 건 아닐까 싶어 주눅이 든다. 이혼한 사람의 소식을 들으면 나는 과연 결혼해서 잘 살 수 있을까 불안하다. 사상 최대 취업난이라는 뉴스에 과연 나를 받아 줄 회사가 있긴 할까 심장이 떨린다. 이런 사람들은 불안을 느끼는 동시에 불안을 떨쳐 내려고 애를 쓴다. 다른 사람에게 위로받고 싶어 하고 괜찮다는 걸 확인하려 한다.

남 이야기가 아니다. 나도 나중 일을 과하게 상상하고, 남 걱정을 내 걱정으로 잘도 이어 가기 때문. '증상'의 고통 못지않게 아프고 괴로운 게 '불안'의 고통이다. '아닐 거야. 설마 나한테 그런 일이 벌어지겠어?' 하지만 그럴수록 불안은 더 깊이 파고든다. 사는 동안 해결되지 않는 골칫거리처럼 느껴진다. 알랭 드 보통 Alain de Botton 은 자신의 책 『불안』에서 삶은 그 자체가 불안의 연속이라고 했다. 불안 역시 '삶의 조건'이며, 삶 자체가 불안을 또 다른 불안으로 바꿔 가는 과정이라고 말이다. 그 부분을 읽으면서 괜히 울적한 기분이 들었다. 아니, 그럼 평생을 지금처럼 불안이란 녀석한테 시달리며 살아야 하는 거야?

가만히 생각해 보면 이 말처럼 지금까지 불안을 느끼지 않은 적이 한 번도 없는 것 같다. 그때마다 불안을 제대로 떨쳐 내지 못하는 나나 자꾸 불안감을 조성하는 사회가 문제라고 생각했다. 하지만 애초에 불안을 삶에서 떼어 놓을 수 없다면 이야기가 달라진다. 내가 바다를 항해하는 배라면, 불안은 배가 항해하는 동안 늘 함께하는 파도가 아닐까. 파도의 흐름을 타며 나아가야 하는데, 무작정 파도를 무시하고 가려고만 하니 더 위태롭게 흔들릴 수밖에.

　『천 번을 흔들려야 어른이 된다』는 제목의 책도 있지만, 나는 불안이란 파도에 정신없이 흔들리며 그 충격을 온몸으로 견디며 사는 어른은 되고 싶지 않다. 대신 파도의 흐름을 타며 나만의 삶의 리듬을 만들고 싶다. 리듬은 반복에서 시작되는 것. 반복되는 일상이나 습관, 일에 집중할 때 각자의 리듬이 만들어지는 게 아닐까? 강력한 파도 한 방 맞고 정신을 잃었다가도 금세 다시 자기 자리로 돌아오는 사람들은 아무리 힘들어도 삶의 리듬을 놓지 않는다는 공통점이 있다. "그래, 나 불안해!"라고 불안을 인정하고 나니 삶의 리듬감이 살아난다. 그래서 나는, 오늘도 흔들리지만 나만의 삶의 리듬을 만들어 가고 있다.

셀 카 와
자 화 상

~~~~~~~

친구들과 SNS에서 유명하다는 한 카페에 갔다. 흰색과 분홍색의 깔끔한 색감으로 이루어진 테이블과 벽, 천장을 장식한 형형색색의 꽃들과 화려한 조명이 사람들의 '셀카 본능'을 자극하고 있었다. 친구들과 이야기를 나누며 중간중간 자기 모습을 찍는 여자, 스스로에게 잔뜩 도취된 표정으로 셀카를 찍는 남자, 카페에 들어오자마자 일행들과 단체 사진을 찍고서 곧이어 각자 자신의 모습을 담기에 바쁜 사람들. 다들 커피는 안중에도 없다. 커피가 목적이 아니라 사진을 찍으려고 온 사람들처럼.

우리라고 달랐을까. 메뉴를 고르기도 전에 각자 핸드폰을 꺼내 들고 사진이 예쁘게 나올 만한 배경을 빠르게 물색해서 찰칵찰칵 수십 장의 사진을 찍어 댔다. 재빠른 친구 하나는 그 짧은 시간에 SNS에 게시물을 올리는 것까지 성공. 빨리 '좋아요'를 누르라는 친구의 성화에 SNS에 접속했다. '아니, 이게 누구?' 화면 속에는 내가 아는 친구보다 눈이 두 배는 크고, 얼굴에는 잡티 하나 없고, 평소 콤플렉스인 도드라진 광대뼈마저 실종된 사람이 새침한 표정을 짓고 있는 것이 아닌가. '좋아요'를 누르고 나니, 그새 다른 이의 댓글이 달려 있었다. "너무 예쁘다!" "이 카페 어디?" 그걸 보는 친구의 표정이 매우 흐뭇하다.

'셀카고수'인 내 친구들과 비교하면 난 셀카 못 찍는 사람, '셀카바보'에 가깝다. 이런 나를 위해 그녀들은 난데없이, 그러면서도 진지하게 셀카를 잘 찍는 자기만의 팁을 공유했다. 친히 실습까지 시켜 주겠다는 못 말리는 그녀들의 성화에 어색하게 한 장을 찰칵! 찍어 보여 줬더니 영 마음에 안 든단다. 표정이나 각도, 자세가 너무 정직하다나. 아니, 내가 내 얼굴을 찍는데 정직하다고 구박을 받아야 하다니. 뭔가 좀 이상한 거 아닌가.

그렇다. 셀카는 정직하게 찍으면 안 되는 사진이다. 정직하게 찍어 봤자 셀카를 못 찍는다는 소리만 듣는다. 진실에 가까운 모습을 담았다고 아무도 칭찬해 주지 않는다. 오히려 성형 수준의 비현실적인 사진에 더 호의적이다. 사람들이 기대하는 건 그 사람의 진짜 모습이 아닌 그저 예쁘고 보기 좋은 모습인지도 모르겠다. 그래서 셀카를 찍는 사람 역시 애초에 정직함 따위 개나 줘 버린다는 생각으로 이상적인 자신의 모습을 창조하는 게 아닐까.

* * *

한때 아나운서를 준비하면서 가장 어려웠던 건 카메라에 비친 내 모습을 보는 일이었다. 입꼬리는 축 처졌고, 볼은 통통했고, 눈은 웃질 않았으며, 표정은 화난 것처럼 무뚝뚝했다. 아마 내가 뉴스를 진행한다면 비보悲報를 전할 때 가장 어울리지 않았을까. 도저히 나도 나를 못 봐 주겠어서 화면발이 안 받는거라고 카메라 탓도 해 봤지만, 보는 사람마다 한 치의 망설임도 없이 화면에서 비춰지는 얼굴과 실제 얼굴이 어쩜 이리 똑같냐며 호들갑을 떨어 댔다.

몇 번의 카메라 테스트를 거치며 연습을 하다 보니 나도 조금씩 변해 갔다. 입꼬리가 올라갔고, 눈도 웃기 시작했다. 화면에 잘 나오는 화장법과 헤어스타일도 익혔다. 카메라 앞에서 뉴스 리딩을 연습하면서 수없이 내 모습을 찍고 들여다봤다. '카메라 마사지'라는 말도 있지 않은가. 카메라 앞에서면 설수록 예뻐진다고들 하는데, 나는 예뻐졌다기보다 어느샌가 예쁜 척을 하고 있었다. 예쁜 척도 하면 할수록 기술이 늘었다. 그때의 나에게는 '내'가 아니라 '남이 보는 내'가 더 중요했다.

그렇게 몇 번씩 내 얼굴을 들여다봤지만, 정작 자화상을 그리는 것처럼 내 얼굴 구석구석을 세밀하게 관찰할 생각은 한 번도 하지 못했다. 초상화를 뜻하는 영어 단어 'portrait'의 동사 'portray'의 어원은 라틴어 'protrahere'로, '끄집어내다', '발견하다'라는 뜻이다. 한 사람을 그린다는 건 외형을 재현하여 기록으로 남긴다는 의미를 넘어, 겉으로 드러나지 않는 내밀한 속내까지 담는 행위다. 초상화에 '자아, 자신'을 뜻하는 'self'가 붙으면 'self-portrait', 즉 자화상이 된다. 자신의 모습을 그리는 자화상에는 스스로를 세밀하게 들여다보며 내면에서 무언가를 발견하려는 마음이 담겨 있는 것이다. 화가가 자기 모습을 그리기 위해 붓을 든다면, 오늘날 우리는 스스로의 모습을 담기 위해 핸드폰을 드는 셈이다. 셀카는 현대판 자화상이다.

　미국의 철학자 헨리 데이비드 소로는 "삶을 계속해서 지켜보지 않으면 그 자체가 지저분해진다는 사실을 깨달았다. 인생에도 때가 쌓인다. 하루를 잘 살아 내는 일만큼 중요한 것은 모든 나날을 또렷하고 차분하게 내려다보는 것이다"라고 자신의 일기에 적었다. 그는 거의 매일 일기를 썼다. 많은 이들이 일기는 안 써도 거의 매일 셀카는 찍는다. 정직하지 않은 자기 모습을 찍고 들여다보며 정직하지 않은 나를 만나다 보면 어느 순간부터는 그걸 진짜 모습으로 착각하게 된다. 셀카 속 주인공은 잘 늙지도 않는다. 셀카 기술과 보정 앱만 있으면 10년이 지나도 지금 모습 그대로를 유지할 수 있을 것이다. 셀카에 도취돼 진짜 삶의 모습은커녕 덕지덕지 쌓인 인생의 때조차 보지 못하게 되는 건 아닐지 걱정된다.

* * *

　최근에 아주 특별한 셀카 한 장을 찍었다. 기회는 단 한 번이었는데, 디지털카메라가 아닌 데다가 사진도 즉석으로 출력되어서 어떠한 보정도 할 수가 없었다. 셔터를 누르는 사람도 사진사도 아닌 바로 나였다. 사진사는 시간을 30분 줄 테니 가장 나다운 모습을 찍어 보라며 스튜디오에 나를 혼자 남겨 두고 사라졌다. 남을 의식하지 말고 오롯이 자기에게 집중하는 시간을 가지며 스스로에 대해 생각해 보라고.

카메라 앞에, 그리고 카메라 너머에서 내 모습을 비추고 있는 거울 앞에 덩그러니 혼자 섰다. 나다운 모습, 그게 뭘까. 심각하게 고민하다가 거울을 보며 놀았다. 정면으로 섰다가 측면으로도 서 보고, 손을 하늘을 향해 번쩍 뻗었다가, 쭈그려 앉아도 보고. 이렇게 오래 가만히 내 모습을 관찰해 본 적이 있었나. 그 순간만큼은 내가 아는 모든 이들은 하나도 생각하지 않고 나만 생각했다. 그렇게 나에 대해 생각하기 시작하니 머릿속에서 평소에 하지 않던 질문들이 하나둘 튀어나왔다. 꼬리를 무는 '왜'라는 물음들에 '그랬구나'라는 느낌표가 찍히는 순간, 셔터를 눌렀다. 사진 속의 나는 팔짱을 끼고 한 손으로는 턱을 괴고 있다. 먼 곳을 응시하며 입꼬리는 내리고 미간을 약간 찌푸렸다. 그래도 어떤 셀카보다 마음에 든다. 지금의 나를 가장 잘 담고 있어서 정직하고 솔직하다.

앞으로 카메라보다 거울을 더 자주 들여다보려 한다. 콤플렉스인 낮은 코와 때때로 피부에 올라오는 뾰루지, 세월이 흐르며 늘어나는 주름을 자꾸 확인하는 건 썩 유쾌하지 않을 것이다. 하지만 자화상을 그린다는 생각으로 종종 거울을 보며 세밀하게, 찬찬히, 오랜 시간 나를 관찰하려 한다. 인생의 때가 묻었으면 반질반질 닦아 낼 거다. 빛이 나는 사람, 내가 아는 온전한 내가 되고 싶다.

명함보다
중요한 것

~~~~~~~

　쓰지도 버리지도 못하는 명함이 집에 잔뜩 쌓여 있다. 내 것이었으나 더는 내 것이라 할 수 없고, 사람들에게 한때 나라는 사람을 확인시켰으나 지금의 나를 증명할 수는 없는. 과거 내가 무엇이었는지 되새겨 볼 기념품쯤 되려나. 직업을 바꿀 때마다, 직위가 바뀔 때마다, 회사 내 조직에 변동이 생길 때마다, 회사가 추구하는 가치가 달라질 때마다 새로운 명함이 생겼다. 회사는 다 똑같다. 한 번도 통 큰 모습을 보여 준 적 없으면서 명함을 찍을 때만큼은 한결같이 통이 참 크다. 200장이나 들어 있는 명함 한 통으로는 아무래도 부족하다고 생각하는지 한 번 찍을 때마다 기어코 두세 통을 손에 쥐

어 준다. 회사를 평생 다녀도 다 소진하지 못할 어마어마한
양이다. 월급도 이렇게 통 크게 주면 명함 다 쓸 때까지 있어
볼까 한번 고민 좀 해 봤을 텐데.

* * *

나의 첫 명함에는 방송사 마크가 찍혀 있었다. "쟤가 취
업은 했을까" 하는 사람들의 호기심 가득한 눈빛에, 대답 대
신 자랑스럽게 내밀 수 있는 명함이 있다는 건 참 행복한 일
이었다. 비슷한 시기에 사회에 첫발을 내딛은 친구들, 선배들
과 갓 구운 바삭한 붕어빵 같은 명함을 주고받았다. 아직 취
업을 못 한 친구들과 후배들의 눈빛은 동경의 눈빛으로 바뀌
었다. 명함은 누군가에게는 자랑거리였고, 또 다른 누군가에
게는 부러움의 대상이었다.

1년 만에 명함 400장을 다 썼다. 리포터라는 직업의 특
성상 사람을 만날 일이 워낙 많다 보니, 명함을 건넬 일도 받
을 일도 많았다. 대학을 갓 졸업해 아직 학생 티를 벗지 못한
사회 초년생에게 방송사 로고가 찍힌 명함은 마치 고급 선
글라스 같았다. 앳된 얼굴을 보고 슬쩍 반말을 하던 사람도
내 명함을 받고 나면 급하게 호칭을 바꿨다. 선생님이라고.

이런 사람들 대부분은 자기 명함에 적힌 회사나 직위에 큰 자부심을 가진 사람들이었다. 그들에게 명함은 상대에 대한 존중의 정도를 결정하는 도구였다. 두 통의 명함을 더 찍으며 난 저들처럼 되지 말아야지 하면서도, 명함 덕분에 받는 선생님 대접이 싫지만은 않았다.

* * *

방송 일을 그만두고, 남들이 흔히 말하는 평범한 회사원이 됐다. 그러고 보니 회사원들이 자기소개를 할 때 "평범한 회사원이에요"라는 말을 자주 썼다. 그럼 난 방송할 땐 특별했고 회사를 다니며 평범해진 걸까. 평범함의 기준이 뭔지 잘 이해가 되지 않았다. 마감에 맞춰 전쟁처럼 돌아가며 실적에 따라 직원을 달달 볶는 조직, 매주 직원들의 출퇴근 시간 평균을 내 1등부터 꼴찌까지 순위를 공개하며 암묵적으로 이른 출근과 야근을 장려하는 분위기, 묵묵히 열심히 일하는 것보다 묵묵히 술자리에 따라나서는 것을 더 높게 평가하는 상사. 이 모든 것을 견뎌 내는 건 '평범함'으로는 도저히 불가능하다 싶었다. 오히려 비범한 정신력이 필요했다. 난 평범한 회사원이라는 말을 들을 때면 왠지 서글픈 마음이 들었다. 언제든 서로가 서로의 자리를 대체할 수 있는 사람들이라는 말처럼 들렸기 때문이다.

입사할 때 받은 두 통의 명함이 늘 서랍 속에서 걸리적
거렸다. 회사 사람들끼리만 복작대기 바쁘지, 업무상 새로
운 사람을 만날 기회가 별로 없다 보니 명함은 도통 줄어들
지를 않았다. 안타깝게도 승진을 하면서 명함 두 통이 더 늘
어났고, 늘어난 명함 때문에 서랍이 수시로 턱턱 걸리듯 숨
도 수시로 턱턱 막혔다. 명함은 껍데기일 뿐이었다. 나의 자
부심, 가치관, 꿈, 미래 어느 것 하나 담겨 있지 않은 껍데기.
처음엔 혹시라도 누군가 내 껍데기 같은 명함에 담긴 알맹이
없는 나를 발견할까 봐 부끄러웠지만, 곧 무덤덤해졌다. 나
만 그런 게 아닌 걸 알고 나서부터.

* * *

또 다른 회사의 명함을 갖게 됐다. 조직의 변화에 따라
1년 동안 명함이 무려 세 번이나 바뀌었다. 그중 마지막 명함
에 특별히 애착이 가는데, 유일하게 나라는 존재가 담겨 있
기 때문이다. 완벽한 모습의 나라고 말할 순 없어도 그 당시
의 나였던 것은 분명하다. 명함을 만들기 전, 부서 내의 모든
직원이 여러 번 머리를 맞대고 앉았다. 회사 로고와 함께 넣

을 우리 부서의 철학과 정체성이 담긴 로고를 만들어야 했고, 각자의 명함에 새길 자기만의 비전과 슬로건도 생각해야 했기 때문이다.

명함 하나를 만들기 위해 꽤 깊은 고민을 해야 했다. 나와 업무, 나와 조직, 나와 회사, 나와 동료, 앞으로의 미래를 연관 지어 고민하지 않으면 쉽게 생각해 낼 수 없었다. 붕어빵처럼 똑같이 찍어 낸 명함을 갖고 있던 우리는 점차 각자 마음속에 고이 품고 있던 무언가를 꺼내 놓기 시작했다. 그 사람 속에 팥이 없다고 해서 누구도 비난하지 않았다. 팥이든, 초콜릿이든, 딸기잼이든, 살구잼이든, 생크림이든, 단호박 샐러드든, 으깬 감자든 다 괜찮았다. 각자가 가진 것을 이야기하고 명함에 담아내는 작업을 통해 우리는 스스로와 동료를, 조직과 회사를 조금이나마 더 이해하게 됐다. 그렇게 탄생한 명함은 진짜 내 것 같았다. 이 명함만큼은 나라는 존재를 존중해 주는 것처럼 느껴졌다.

* * *

그 후 회사를 그만두고 어떤 직업 하나로 정의할 수 없는 삶을 살게 됐다. 집에 예전 명함들이 한가득 쌓여 있지만 지금 쓸 수 있는 건 아무것도 없다. 직장이나 직책으로 나를 증명하는 삶만 살다가 자발적으로 시작한 명함 없는 삶에 나는 더없이 초라해졌다. 명함 없이 내 존재를 설명하는 건 어려운 일이다. 명함 한 장으로 당당히 자기소개를 대신하는 사람들 사이에서 명쾌하지 않은 설명을 구구절절 늘어놓느라 지치거나, '듣고 보니 별 볼 일 없구만' 하는 듯 보이는 상대의 반응에 상처도 받았다. 혼자서 나를 증명하기에는 아직 나의 내공이 부족하다는 걸 인정해야만 했다.

한때 명함을 갖기 위해 다시 회사로 기어들어 가야 하나 심각하게 고민했다. 하지만 지금은 그보다 더 중요한 것을 알고 있다. 정말 중요한 건 회사 내에서의 성과가 아니라 회사 밖에서도 나를 설명할 수 있는 무언가다. 직업과 관련된 기술이든, 취미든, 공부든, 좋아하는 것이든. 나를 증명한다는 건 나를 설명할 수 있는 게 무엇인지 찾고 발전시켜 가는 것이다. 물론 내 방식대로.

언젠가 나도 자신 있게 진짜 나를 보여 줄 수 있는 명함을 만들어 내겠지. 명함 없이도 내 가치를 보여 줄 수 있는 진짜 경쟁력을 쌓고 나면 말이다. 지금은 명함 없는 삶을 버텨 보려고 한다. 내가 만들어 가는 길에 집중하면서.

종이를
한 번도 보지 않고 그린 그림

～～～～～～～～～～～～

"이 그림, 발로 그렸어?"

아마 열에 여덟은 이렇게 비웃겠지만 그들 역시 발로 그린 것 같은 그림을 그리게 될 것이다. 블라인드 컨투어 드로잉 Blind contour drawing 을 해 보면. 그림을 그리는 동안 단 한 번도 종이를 봐선 안 된다. 처음부터 끝까지 그림으로 그릴 대상에만 눈을 고정하고, 작은 특징 하나까지 세세하게 관찰해야 한다. 또 한 가지 주의할 점은 손에 쥔 펜 끝이 절대 종이에서 떨어지면 안 된다는 것. 즉 시작부터 끝까지 하나의 선이 끊김 없이 이어져야 한다. 어떤 결과물이 나올까? 상상한 것보다 더 상상을 뛰어넘는 그림이 나온다.

내 첫 블라인드 컨투어 드로잉 경험은 참 불편하며 강렬
했다. 평소에도 처음 보는 사람과 3초 이상 눈을 마주치지 않
는 내가 그려야 할 대상은 옆자리에 앉은 처음 본 남자였다.
거짓말처럼 우연히 만난 첫사랑 얼굴이면 몰라도 인사 한 번
나눈 게 전부인 사람의 얼굴에서 한 시도 눈을 떼면 안 된다
니……. 생판 모르는 사람의 얼굴을 바라보는 걸로도 부끄러
운데, 서로 얼굴을 구석구석 관찰하다가 눈이 마주치는 순간
이면 견딜 수 없이 민망했다. 둘 다 시뻘겋게 얼굴이 달아올
랐다가 피식피식 웃기를 반복했다.

다행히 시간이 흐르면서 어색한 공기가 서서히 가라앉았
다. 눈보다 손의 감각이 더 민감해졌고, 손이 자유롭게 움직
일 수 있게 되자 보이지 않던 것들도 더 많이 눈에 들어왔다.
높지도 낮지도 않은 콧대의 선이 참 매끄럽구나. 쌍꺼풀이 없
는 줄 알았는데 보일락 말락 한 얇은 속쌍꺼풀이 있네. 얼굴
의 면적이 좌우로 넓지 않고 약간 긴 편이군. 눈이 데굴데굴
그의 얼굴을 굴러다니는 동안 종이 위에 놓인 내 손도 그의
눈과 코, 귀를 분주히 오갔다. 그리고 중간중간 참을 수 없는
유혹에 사로잡혔다. 볼까? 말까? 내가 어떻게 그렸는지, 종이
에 그려졌을 얼굴이 너무 궁금했다.

답답함과 어색함을 간신히 참아 내고 드디어 그림을 완성한 순간, 재빨리 책상을 내려다봤다. 그리고 그림을 보자마자 누가 먼저랄 것도 없이 말했다. "아……. 죄송해요." 그러고는 한참을 웃었다. 눈은 어느 때보다 예리했고 손은 섬세했는데, 종이엔 형체를 알아볼 수 없는 괴물이 들어 있는 게 아닌가. 그림을 잘 그리는 법은 알려 주지 않고 이게 뭔 장난질인가 싶어 뚱한 얼굴로 선생님 얼굴을 쳐다봤다.

때마침 선생님이 들려준 이야기가 흥미로웠다. "블라인드 컨투어 드로잉은 내 안의 평가자를 잠재워서 대상을 정확하게 볼 수 있도록 하는 훈련이에요. 우리는 그림을 그리며 동시에 무의식적으로 자기가 그린 그림을 평가하게 되어 있어요. 그림을 다 완성하기도 전에 자기 실력을 의심하고 비판하죠. 그러면 당연히 자신감이 떨어지고 그리는 대상을 정확히 바라볼 수도 없어요." 오른손이 하는 일을 왼손이 모르게 하는 것도 아니고, 내가 하는 일을 내가 모르게 하라는 것이었다. 내가 나를 방해하지 않도록.

그러고 보니, 무슨 일을 하든 불쑥불쑥 내 안에서 튀어나오는 평가자가 있었다. "잘할 수 있어"라는 확신에 차서 일을 시작해 놓고 얼마 지나지 않아 "잘할 수 있을까?"란 의심을 품게 되는 것도 그 때문이었다. 그림을 그릴 때도 마찬가지. 종이를 펼치고 선 하나를 쓱 긋자마자 한숨부터 내쉴 때가 있다. "에이, 마음에 안 드는데." "아, 이게 아닌데 망했다." 그때부터 고민이 시작된다. 새 종이에 다시 그릴까? 채우지 못한 종이를 만지작거리다 그림은 완성도 못하고, 구겨진 종이들로 휴지통이 가득 차는 게 일상이었다.

뭔가 해 보겠다고 굳게 결심해 놓고 결국 제대로 끝을 맺지 못할 때를 돌이켜 본다. 시작한 지 얼마 안 돼 시작부터 잘못됐다고 금세 실망하고, 계획과 다르게 일을 그르쳤다고 자책하고, 더 이상 손쓸 수 없다고 섣불리 포기한 경우가 많았다. 나의 냉혹한 평가 탓이었다. 책임과 기대, 성공의 무게가 무겁게 느껴질수록 나는 더 깐깐해졌다. 차라리 죽이 되든 밥이 되든 결론을 맺기 전까지 자기 자신이 내리는 평가로부터 자유로웠다면 어땠을까.

스스로에겐 엄격하고 남에겐 관대한 사람들이 있다. 자신에겐 채찍질을 하면서 타인에겐 당근이고 사탕이고 퍼다 주며 힘을 북돋워 준다. 나 자신은 보듬지도 않으면서 다른 사람들은 있는 힘껏 응원한다. 물론 자기가 책임지지 않으니 쉽게 말할 수도 있겠지만, 남의 인생이라 더 객관적으로 보이기 때문이기도 하다. 그래서 고민거리나 힘든 일이 있을 때 혼자 끙끙대는 건 좋지 않다. 스스로를 객관적으로 보기 힘드니까. 오히려 주변 사람들의 객관적인 조언에서 해결책이 떠오르는 경우가 많다. 오래 고민해도 풀리지 않던 문제가 친구와 통화 한 번에 스르르 풀릴 때가 있는 것처럼.

어떤 노래 가사처럼, '내 속에는 내가 너무 많은지'도 모르겠다. 유독 자주 튀어나오는 녀석이 나를 깐깐하게 평가하는 녀석이라 그렇지, 그 중에는 뭐든 잘 해낼 수 있다고 응원해 주고 있는 녀석도 분명 있을 거다. 인생을 조금 편하게 살려면 지금도 충분히 잘하고 있다고 격려해 주는 나를 자주 만나야 한다. 일단 길을 잘 찾아갈 수 있도록 칭찬과 응원을 해 준 다음에 평가하고 점검해도 늦지 않다.

그림을 배우러 갔다가 뜻밖의 깨달음을 얻은 셈이다. 물론 여전히 그림 한 장을 그리려고 하면 휴지통에 처박히는 종이가 수두룩하지만 그래도, 계속해서 나에게 관대해지려고 노력 중이다. 아직 부족하다고 평가하기에는 너무 일러. 난 충분히 잘 해낼 수 있어. 그러다 보면 처음에 버릴까 말까 고민하던 종이에서 만족스러운 그림이 완성되기도 한다. 그렇게 포기하지 않고 끝까지 해내는 것들이 늘어나고 있다.

어쨌든 그림을 그리는 게 일이 아닌 취미라서 얼마나 다행인지 모르겠다. 만약 일이었다면……, 분명 버는 돈보다 종이 값이 더 많이 들었을 테니까.

나에게

특별하기

~~~~~~~~

　　고등학교 3학년 때 학교에서 어느 날 갑자기 이름부터 대놓고 특별한 '특별반'을 만들었다. 전교에서 공부 좀 한다는 학생들을 특별반에 집어넣었는데, 나도 어찌저찌 그 안에 들어가게 되었다. 특별반 학생들은 수업 시간에는 각자 자기 반에서 다른 친구들과 똑같이 수업을 듣다가, 야간 자율 학습 시간이 되면 따로 마련된 특별반 교실에 모였다. 확실히 자습 시간 분위기가 일반 교실과는 달랐다. 떠드는 아이나 엎드려 자는 아이도 없었다. '특별한' 공간을 채우는 소리라고는 사각거리는 연필 소리와 종이 넘기는 소리, 째깍거리는 시계 소리가 전부였다.

특별반에는 또 다른 특징이 있었다. 자주 모의고사를 봤고 그 성적을 완전 공개했다는 것. 총점은 물론 과목별 점수와 등급, 등수까지 싹 다 말이다. 1등부터 꼴등까지 순위가 모두 매겨져 있었다. 간신히 특별함을 인정받은 대가로 나는 심한 스트레스를 받았다. 열심히 공부해서 반드시 성적을 올리겠다고 결심하다가도 모의고사 성적과 등수가 만천하에 공개될 때면 멘탈이 와르르 무너졌다. 특별반 아이들 얼굴만 봐도 저절로 등수가 떠올랐고 그들보다 한참 뒤처진 내가 부끄러웠다.

소름 돋지만, 아마 그게 선생님의 의도였을 거다. 이를 악물고 공부해서 앞서 있는 친구들의 코를 납작하게 해 주라고. 선생님은 진짜 경쟁이 무엇인지 보여 주려 했던 것 같다. 하지만 나는 경쟁에서 모두를 밟고 올라설 수 있는 독한 악바리가 아니었다. "너네 다 죽었어" 하고 벼르기보다 "왜 난 이것밖에 안 될까" 하며 자책하는 쪽에 가까웠다.

특별반의 갑갑한 자습 분위기도 견디기 힘들었다. 창문 하나 없이 벽으로만 둘러싸인 방에라도 갇힌 것처럼 숨이 잘 쉬어지지 않는 느낌이 들었다. 나는 살기 위해 숨 쉴 구멍을 찾아 나섰다. 몰래 친구랑 빈 교실에 숨어들어 가 공부 반, 수다 반으로 시간을 보내거나, 아예 학교 밖으로 도망을 갔다. 언제는 학교 구석에서 몰래 배달 음식도 시켜 먹었다. 착실한 모범생 소리만 듣고 살던 나에겐 전에 없던 일탈이었다.

여러모로 특별반 활동은 나에게 도움이 되지 않았는데, 그걸 알면서도 특별반엔 끝까지 남았다. 특별반은 싫었어도 특별반이 주는 그 특별함이 좋았다. 그곳에 속한 내가 특별하다고 증명되는 것 같아서 내 손으로 그 특별함을 버리고 싶지 않았다. 수업 시간에 떠들다 걸려도 선생님은 혼을 내기는커녕 특별반 학생이라는 이유로 공부를 열심히 하라며 격려했고, 엄마에게도 특별반 딸을 둔 엄마 모임에 속해 있다는 자부심을 줄 수 있었다. 같은 반 친구들도 나를 대단한 벼슬이라도 가진 사람처럼 대하며 부러워했다.

문제는 남에게 인정받으면서도 정작 나 스스로는 특별하다고 느끼지 못한다는 것이었다. 남들이 특별하게 생각해주는 것이 좋으면서도, 속으론 나의 모자람이 들통날까 봐애가 탔기 때문이다. 당당하게 어깨가 쭉 펴지기는커녕 움츠러들었다. "거기가 네가 있을 자리라고 생각해?" "주제 파악 좀 해." 누군가 이런 생각을 하고 있진 않을까 전전긍긍했다. 아무도 날 비난하거나 괴롭히지 않았는데도 혼자 속을 끓였고, 내가 날 믿지 못하다 보니 항상 괴로웠다.

나 자신조차 믿지 못하면서, 단지 남들이 나를 특별하게 봐 주길 바라는 욕심 때문에 늘 불안했다. 그래서 정작 해야 할 공부에 집중하지 못했다. 특별하다고 인정받고 싶은 마음을 버리고 있는 그대로를 내보였다면 그렇게 힘들지 않아도 됐을 텐데.

그때의 뼈아픈 경험 때문일까. 다행히 지금은 남들이 말하는 특별함에 그다지 연연하지 않는다. 직장을 그만뒀을 때 이런 말을 많이 들었다. "좋은 직장을 왜 그만두려고 그래." "다른 곳에 가면 그 곳만큼 좋은 대우 받을 수 있을 줄 알아? 어림도 없지." "알아주는 직장 그만두고 왜 그런 곳을 가려고 해?" 그래도 흔들리지 않을 수 있던 것은, 특별반의 특별함에 집착했던 것과 같은 실수를 반복하지 않으려고 결심했기 때문이다. 남 보기엔 좋은 직장이지만 나에게 만족감을 주는 곳이 아니기에 미련을 둘 필요가 없었다. 무엇보다 나를 믿었기 때문에 남들이 좋다는 것을 버리고 나를 위한 선택에 집중할 수 있었다.

요즘 뉴스를 보며, 스스로에 대한 믿음이 없는 사람이 능력에 걸맞지 않은 권력을 손에 쥐는 게 얼마나 위험한 일인지 실감한다. 사실 능력이 있고 없고는 둘째 문제고, 자기가 그 만한 권력을 가질 만한 자격이 있다는 믿음과 자신감을 가졌 는지가 중요하다. 자기 확신이 없는 상태로 특권만 손에 넣은 사람은 불안이나 자만심으로 가득 차기 마련이다. 스스로의 부족함을 감추기 위해 거짓말을 하거나, 약한 자를 상대로 소 위 '갑질'이라는 폭력을 휘두르기도 하고, 특권을 놓지 않기 위해 더러운 일까지 서슴지 않는다. 자기 확신이 부족하면 스 스로에게도, 타인에게도 비겁해질 수밖에 없다는 걸 뉴스를 보며 다시 한 번 생각한다.

특별반은 우리 학년을 끝으로 사라졌다. 우리가 특별반 의 처음이자 끝이었다는 말이다. 야심 차게 시작해 놓고 한 해만 하고 만 걸 보니 별다른 효과가 없었나 보다. 그래도 그 때 특별반을 그만두지 않은 대신 지금은 남들이 알아주지 않 아도 스스로를 믿으며 나를 위한 길을 만들어 가고 있으니, 앞으로 만나게 될 내 결정에 따른 결과는 만족스럽지 않을까 기대해 본다.

일상의
맛

~~~~~~

　때로는 대충, 또 어쩌다 가끔은 꼼꼼히, 어찌 됐든 매일 기록하려 하는 것이 있다. 바로 식단 일기다. 의무적으로 챙겨 먹는 삼시 세끼는 물론이고, 난데없이 출출함이 밀려올 때 입을 즐겁게 해 주는 간식까지 가급적 빠짐없이 기록하고 있다. 다이어트를 위해 각각의 칼로리를 계산해 먹는 걸 제한한다거나 어떠한 요리든 척척 해내는 만능 요리사를 꿈꾸며 레시피를 적어 두려는 목적이 아니다. 나는 살 좀 빼 보겠다고 칼로리를 하나하나 따져 가며 먹는 즐거움을 통제하는 걸 너무 가혹하다고 생각하는 사람이고, 고추장 두 스푼, 설탕 한 스푼, 간장 세 스푼 같은 유명 비법을 따라 요리한다

해도 전혀 다른 충격적인 맛의 음식을 창조해 내는 사람이라 레시피를 적는 의미가 없다.

난 그저 먹은 것에 대한 시시콜콜한 것들을 적는다. 언제 누구와 무엇을 먹었고, 그 음식이 왜 먹고 싶었는지, 먹고 나니 기분이 어떤지, 재료는 어땠는지, 하는 생각 따위를 적는다. 하루는 가지튀김을 먹고 나서 쫀득한 찹쌀 반죽과 따끈한 온기를 품은 가지가 어우러지면서 만들어 내는 쫄깃쫄깃하고 담백한 식감, 끈적한 소스가 미끄러져 내리며 느껴지는 달콤새큼한 맛에 대해 구구절절이 적었다. 제대로 식혀 먹지 않아 혀를 데어 느낀 고통, 기왕이면 맥주 한잔을 곁들여 먹었다면 더 좋을 뻔했다는 아쉬움도 덧붙였다.

또 언제는 야심 차게 집에서 삼계탕을 만들어 먹겠다고 두 시간 동안 땀을 뻘뻘 흘리며 공들여 만들었는데, 대체 뭐가 잘못된 건지 너무 비리고 질겨서 반도 못 먹고 버린 적이 있었다. 그날의 기록은 씹을수록 더욱 단단해지는 질긴 살을 내어 준 닭에 대한 저주, 비린내를 잡기에 충분하지 못한 정보를 제공한 요리 블로거에 대한 원망, 그리고 앞으로 영원히 삼계탕은 밖에서 사 먹겠다는 다짐으로 채워졌다.

내 식단 일기는 이런 식이다. 속으로 한번 생각하고 훌훌 털어 버려도 될 일을 굳이 글로 적는다. 위가 소화를 끝낸 음식들을 기어이 머리로도 소화시킨다. 그런데 신기하게도 기록이 쌓여 갈수록, 왠지 모르게 더부룩하고 답답하던 일상이 한결 개운하고 편안해지는 기분이 든다. 먹고 사는 것에 관심을 기울이니, 먹고 사는 것이 달라졌다.

* * *

지금은 먹는 것을 의미 있게 생각해 기록까지 하지만, 불과 몇 년 전까지만 해도 무얼 먹고 사는지는 나에게 그다지 중요한 관심사가 아니었다. 먹는 건 그저 한 끼 때운다는 의미에 가까웠다. 자취하는 직장인들은 딱 두 부류로 나눌 수 있다. 혼자서도 척척 푸짐하게 한 상 잘 차려 먹는 사람과, 밥 친구를 찾다가 결국 술 친구를 만들어 술과 안주를 저녁 삼아 먹는 사람. 나는 후자에 좀 더 가까웠다. 점심에는 도시락을 싸 오는 직원들과 외식을 하는 직원들로 나뉘었는데, 만들 줄 아는 것도 별로 없고 도시락을 쌀 의지와 부지런함마저 없었던 나는 점심 때마다 이 식당 저 식당을 전전했다. 컵라면이나 삼각 김밥, 햄버거로 배를 채우는 날도 많았다. 열량은 높으면서 영양가는 하나도 없는 음식, 화학조미료와 각종 첨가

물로 버무려진 음식, 중독성 있는 달고 맵고 짠 자극적인 음식들로 내 몸을 채웠다.

'먹는 것'이 '사는 것'이라고 생각해 본 적이 없었다. 먹는 것보다 중요한 것이 너무 많았으니까. 좁디좁은 취업문을 뚫는 것, 스스로 밥벌이하며 살 능력을 갖는 것, 성공에 한 발짝 더 다가가는 것, 회사에서 인정받고 일의 성과를 내는 것, 매일같이 야근을 해서라도 눈앞에 쌓인 일을 해치우는 것, 남보다 뒤처지지 않게 틈틈이 자기 계발을 하는 것……. 일상의 맛보다는 성취의 맛에 중독되어 있었다. 성취를 자주 맛볼수록 일상의 맛도 업그레이드될 거라 믿었다. 하지만 성취의 맛은 오래 지속되는 것이 아니었고, 일상에서 맛보는 음식의 가격이 높아졌다고 해서 행복감이 높아지는 것도 아니었다. 오히려 삶의 다양한 맛을 제대로 느끼지 못할 정도로 입맛이 둔해졌다

지금도 그때만 생각하면 나 자신에게 너무 미안하다. 히라마츠 요코가 쓴『산다는 건 잘 먹는 것』을 읽으며 더욱 그런 마음이 들었다. 이 책의 재료는 자연을 간직한 채소의 맛, 알맞게 구운 짭조름한 생선의 맛, 마법 같은 레몬즙 한 방울의 맛과 같은 사소한 먹거리의 맛이다. 눈으로 활자를 따라

가며 맛을 음미하다 보면 무심하게 지나쳤던 '일상의 맛'이 섬세하게 느껴지고, '먹는 일'이 얼마나 소중한지 깨닫게 된다. 작가는 '손가락 사이를 삭삭 빠져나가는 모래'와 같은 일상생활 중에서 먹는 행위 자체가 얼마나 중요한 일인지를 강조하기 위해, 먹는 일을 '흘러가는 날들에 쐐기를 박는 일'로 표현했다.

잃었던 일상의 맛은 다행히 식단 일기를 쓰면서 서서히 예민해지고 있다. 하찮은 끄적임이긴 하지만 매일매일 반복되는 먹는 일을 신경 쓰고 가꾼다는 것 자체로 사는 세 조금 더 즐거워졌다. 잘 먹는 것이 비싼 것, 귀한 것, 기름진 것을 먹는 게 아니라는 걸 알았듯이, 잘 사는 것 역시 돈을 많이 버는 것, 유명해지는 것, 성공하는 것이 아니라는 걸 알았다.

* * *

굳이 나처럼 먹는 것을 적지 않더라도, 무심결에 흘러가는 일상을 아주 잠깐이라도 붙잡았다가 떠나보내는 방법은 여러 가지가 있다. 부지런한 내 친구는 잠들기 전 꼬박꼬박 일기를 쓰고, 사진 찍기 좋아하는 다른 친구는 매일 같은 시간에 사진을 찍는다. 반복적인 일상을 무심히 지나치지 않고, 삶의 자잘한 부분까지 신경 쓰고 정성을 기울이는 것. 그게 잘 먹고 잘 사는 것 아닐까. 매일 일상을 촘촘히 들여다보지 않았다면 일상의 맛은 모른 채 지금까지 성취의 맛만 좇고 있었을 거다.

자, 그러니 이제 오늘의 맛을 한번 기록해 볼까.

완벽,
내가 만들어 낸 벽

~~~~~~~~~~~~

　『자전거여행』을 쓴 김훈 작가는 자전거에 '풍륜'이란 이름을 붙이고, 자전거의 두 바퀴를 펜으로 삼아 국내 곳곳의 풍경을 그림 같은 문장으로 그려 냈다. 소설가보다 자전거 레이서로 불리기를 원한다고까지 말했던 작가. 그가 풀어 낸 문장 위를 자전거 페달을 밟듯 휘휘 누비다 보면, 상쾌한 공기를 가득 머금고 풍선처럼 날아갈 것만 같은 기분이 든다.

　책을 읽는 동안 여러 번, 당장이라도 날렵한 자전거에 몸을 싣고 떠나고 싶은 마음을 간신히 억눌렀다. 내겐 문밖을 나서도 당장 타고 나갈 자전거가 없거니와, 있다 해도 작가의 자전거가 다녀온 곳으로 달려갈 체력도 용기도 없음을 탓하며. 그저 할 수 있는 거리곤 문장 위를 달리며 작가의 예리하고 해박한 통찰을 풍경 삼아 감탄을 연발하는 것뿐. 그래도 '언제 한번' 자전거와 하나 되어 아름다운 풍경 속을 데구르르 구르는 기분을 느껴 보고야 말겠다고 다짐했다.

너무 쉽게 다짐을 잊고 사는 내 의지에 다시 불을 붙여 준 건 친구였다. 여태껏 한 번도 자전거를 타 본 적이 없었다는 친구는 그 '언제 한번'을 서른을 훌쩍 넘겨 겨우 행동으로 옮겼다. 더 늦으면 진짜 못 탈 것 같다며, 더 나이 들어 타다 넘어지기라도 하면 뼈가 부러질까 걱정된다고. 친구의 실행력에 칭찬은 못 해 줄망정 이 나이까지 자전거 한번 안 타 보고 뭐 했냐고 실컷 비웃다가, 새벽 6시에 일어나 자전거를 탄다는 그녀의 열정에 적잖이 놀랐다. 아직은 비틀비틀 불안정해서 사람이 많은 곳에선 도저히 자전거를 탈 엄두가 나지 않아, 부득이 사람이 없는 시간과 장소를 찾다 보니 새벽 6시의 텅 빈 공원을 고르게 되었다고 했다. 그 말을 듣는데 속에서 몽글몽글 무언가가 피어오르는 게 느껴졌다. 이제 때가 됐구나. 나의 '언제 한번'을 '지금 당장'으로 바꿀 때였다.

공용 자전거를 빌려 천변 자전거 도로에 섰다. 안장에 엉

덩이를 올리고 마침내 마음에 시동을 걸었는데, 삐끗. 다시 자세를 고쳐 잡고, 한 발로 페달을 구르며 다른 발도 마저 땅에서 떼려는데 또 삐끗. 한참 만에 두 발을 겨우 땅에서 뗐는데 위태위태하게 흔들리는 자전거를 감당하지 못 하고 서둘러 땅에 발을 디뎠다. 자전거를 타는 게 아니라 끌고 다녀야 할 상황. 이게 어떻게 된 일이지?

분명 나는 자전거를 잘 탔었다. 초등학생 때, 아니 대학생 때도 종종. 나로 말할 것 같으면 보조 바퀴 달린 네발자전거부터 탄탄한 기초를 쌓아 온 꼬마였다. 이젠 누말사신기를 탈 만한 자격을 갖췄다며 아빠가 보조 바퀴를 떼어 준 날에는 20분도 채 안 돼 자유롭게 동네를 누비며 꼬마 자전거인들을 모두 내 등 뒤에 두기도 했었다. 무서울 게 없었다. 정확히 말하자면 무얼 조심해야 하는지 몰랐다. 넘어지면 바지 한번 훌훌 털고 일어나고, 다치면 약 바르고, 좀 더 다치면 병원에 가면 그만이라 생각했다. 다치는 것에 대한 두려움보다 자전거를 쌩쌩 타고 달리며 맞는 상쾌한 바람이 더 좋았다.

어른이 되어 자전거를 타며, 다시 그때의 바람을 느끼기까지는 어릴 적 자전거를 배울 때보다 훨씬 더 긴 시간이 걸렸다. 자전거의 기초부터 탄탄히 알려 줬던 아빠가 다시 선생님이 되어 주지 않았기 때문도 아니고, 나이가 들어 운동 신경이 둔해진 탓도 아니고, 그때보다 자전거의 기능이 떨어 져서도 아니었다. 겁이 많아진 탓이었다. 나는 더 이상 겁 없 는 아이가 아니었다. 무언가에 온전히 몰입하고 오롯한 즐거 움을 느끼기에 앞서 미리 위기 상황부터 떠올리는 어른이 되 어 버렸다. 위기에 대비한다는 핑계로 불안을 설계하는 겁쟁 이 어른이 된 것이다.

자전거에 오르면서도 넘어지면 어쩌지 걱정부터 한다. 자전거 도로 맞은편에서 내 쪽을 향해 오는 자전거에게 제대 로 자리를 내주지 못해 충돌하는 상상, 옆에 난간이 있으면 실수로 넘어져 난간에 부딪쳐서 다치는 상상, 뒤에서 쌩하고 속력을 내어 달려오는 자전거와 진로가 꼬여 사고가 나는 상상, 울퉁불퉁한 길에서 무언가에 걸려 넘어지는 불안한 상 상을 했다. 그럴 때마다 자전거는 비틀비틀 불안하게 좌우로 흔들렸다. 잔뜩 겁을 먹은 나머지 브레이크를 잡기도 전에 서둘러 발부터 땅에 디뎠다. 자전거 한번 타는데 이렇게 수십 가지의 걱정을 하는 쫄보가 되어 있을 줄이야.

그러고 보니 언제부턴가 겁이 많아졌다. 놀이기구를 타 면서도 혹시 문제가 생겨 멈추는 건 아닐까 걱정하고, 긴 줄

렁다리를 건너면서도 관리 기관에서 안전 점검은 철저히 한 걸까 불안해하고, 이력서를 쓰면서도 혹시 내정자가 있진 않을까 의심하고, 생활용품 하나를 고를 때도 인체에 유해한 건 아닌지 걱정이 앞선다. 언제부터였을까? 어쩌면 어른들에게 이젠 나도 어른이라고 통보받던 그때부터가 아닐까. 당사자인 나는 아무 말도 안 했는데 어느새 어른이 되어 버렸다.

나이가 들수록 아는 게 많아진다. 지금까지 알고 있던 것, 보고 싶던 것 이상의 세계가 눈에 들어온다는 말이기도 하다. 큰 사고를 야기하는 사소한 부수의, 어떤 집단의 비리나 부조리, 당연하다 믿었던 것들의 모순, 실패로 인한 좌절과 수치심을 알게 된다. 이것저것 따지고 재는 게 많아지면서 걱정이 앞서는 빈도수가 잦아졌다. 내 선택과 결정에 온전히 몰두하지 못할 수밖에. 보이지 않던 게 보이면서 눈앞에 겹겹이 쌓여 캄캄하기만 한데, 하루아침에 "이젠 너도 어른이니, 어른스럽게 감당할 줄 알아야 해"라는 말만 들으니 스스로를 보호하기 위해서라도 완벽에 집착하게 되었다. 모든 상황을 사전에 머릿속으로 시뮬레이션하며 상처도, 실패도, 실망도, 후회도 없도록 완벽하게 설계한다.

미국의 사회학자로 『불완전함의 선물』을 쓴 브렌 브라

운 Brene Brown 은 우리가 완벽에 매력을 느끼는 이유를 다음처럼 설명했다. '완벽한 겉모습으로 완벽하게 행동하면 비난과 치욕, 불명예를 예방할 수 있을 거'라고 생각한다는 것이다. 완벽에 대한 집착은 결국 우리 안에 내재된 불안과 불완전함을 해소하기 위한 방안 중 하나일 뿐이다. 그러다 보니 나도, 어느새 자전거 페달 하나 힘껏 구르지 못하는 겁쟁이 어른이 되었지만.

다시 힘 있게 페달을 밟을 수 있게 된 건 모든 상황을 미리 계산하지 않고 온전히 순간의 상황에 몰입할 수 있게 되면서부터였다. 머릿속에 나를 가두지 않고 서서히 풍경과 바람, 자유로움에 나를 맡겼다. 자전거가 불안하게 흔들리면 페달을 좀 더 빨리 굴려 재빨리 중심을 잡았고, 마주 오는 자전거와 충돌할까 두려울 땐 상대를 의식하지 않고 내 페이스를 그대로 유지했다.

"완벽하지 않은 건 당연한 거야." 술자리에서 누군가 말했다. 모든 애플리케이션이 지속적으로 업데이트를 하는 이유는 애초에 완벽이라는 게 없기 때문이라고. 일단 출시하고 나서도 사용자들의 반응이나 시장 상황 등에 따라 부분적인 수정이 필요할 수밖에 없다고 했다. 그러니 완벽은 잘못도 위험도 아니라고 했던 말이 기억에 강렬하게 남았다.

결국 완벽은 스스로 만들어 낸 벽 안에서 시작된다. 불안을 잠재우기 위해 견고히 쌓아 올린 우물 안에서 계속 바깥을 향해 손을 뻗어 봤자 영원히 닿을 수 없는 것처럼, 완벽을 기하는 것 역시 그렇다. 차라리 돌발적으로 일어나는 일이나 예상한 것과는 다른 결과를 유연하게 받아들여 최선을 다하는 게 낫다. 적어도 '완벽'이 곧 '만족'이라는 허상만 좇느라 만족을 모르는 사람이 되진 않을 테니까. 일어나지 않은 일에 대한 걱정으로 완벽을 추구하느니 현재에 몰입하여 만족하며 살아가려 한다.

혼자라서
외로운가요?

~~~~~~~~~~

　연애를 주제로 한 이야기는 언제나 흥미롭다. 연애 상대를 고를 때 절대 포기하지 못하는 단 한 가지, 연애에 종지부를 찍게 만든 과거 연인의 '찌질'한 말이나 행동, 이제 막 사랑을 시작한 연인들의 소소한 고민, 결혼을 결심하게 되는 순간. 이런 것들에 대한 이야기를 나누다 보면 흥미진진한 연애 소설이 눈앞에서 펼쳐지는 것 같다. 주인공들이 들려주는 생생한 감정 묘사와 긴박한 전개를 따라가다 보면 다들 한마디씩 말을 보태고 싶어 입이 근질거리는 눈치다.

　한 모임에서 한창 연애 이야기를 꽃피우던 중 누군가 말했다. 본인을 포함해 이제 주변에 결혼하지 않은 사람들이 몇 명 안 남았다고. 결혼이 더 늦어지지 않으려면 얼른 누군가를 만나 연애를 해야 할 텐데, 사실 마음 같아선 좀 더 혼자 있고 싶다고 했다. 옆에 누가 없지만 지금도 충분히 즐겁다는 이유에서였다. "그런 말 하는 걸 보니까 넌 이제 결혼해도 되겠다." "만나는 남자도 없는데 결혼은 혼자 하니?" "외롭지 않다잖아. 외로워야 남자를 만날 텐데, 큰일이다." 난데없이 설전이 벌어진 가운데 한마디가 날아와 귀에 꽂혔다.

"결혼은 외로워서 하는 게 아니라, 혼자서도 잘 놀 수 있을 때 해야 하는 거야." 누군가가 외로움을 채워 주길 기대하는 마음으로 결혼한 사람들은 대부분 결혼 생활이 행복해 보이지 않더라는 거다. 재미있는 말이다. "나 요즘 너무 외로워" 하며 소개해 줄 사람 없냐고 조르는 사람은 봤어도, "혼자 보내는 시간이 충분히 즐거워. 그런데 소개팅 좀 시켜 줄래?"라고 묻는 사람은 여태껏 본 적이 없다.

흔히 둘이 하나 되는 게 결혼이라고들 한다. 서로의 부족한 부분을 채우면서 살라는 의미일 거다. 그러다 보니 사람들은 연애나 결혼을 하면 은연중에 상대가 나에게 무엇을 채워 줄 수 있을까 기대하는 마음이 생기기 마련이다. 그게 재미든, 행복이든, 사랑이든, 안정이든, 돈이든, 명예든. '나를 매일 웃게 해 주겠지?' '내가 말만 하면 사고 싶은 걸 사 주겠지.' '이번 기념일엔 어떤 이벤트를 준비해서 나를 행복하게 해 줄까?' '그 사람과 같이 있으면 사람들이 무시하지 않겠지?' 상대에게 거는 기대가 많아질수록 전에는 혼자 할 수 있던 일들도 상대가 있어야만 가능한 일로 바뀌어 버린다.

더욱이 결혼 후에는 어떤가. 갈수록 나라는 존재가 희미해진다는 생각까지 든다. 여자와 남자가 아내와 남편, 엄마와 아빠가 되면서 '나'보다 '우리'가 중요해지는 탓도 있겠지만, 주위의 말과 시선도 한몫을 한다. 요즘 살이 쪄서 다이어트를 해야겠다고 하면 "괜찮아, 넌 이미 결혼도 했는데 뭐"라는 대답이 들려오고, 새로운 일을 시작할지 고민이라고 하면 "남편이 돈 벌어 오는데 사서 고생할 필요가 뭐 있어"라고 말하는 사람이 있다. 공부를 더 해 볼까 고민이라고 하면 "공부는 무슨, 나중에 육아에 치여서 공부를 제대로 마칠 수도 없을걸" 하는 말들이 줄줄이 따라붙는다. 이런 말들이 "이제 넌 그리 중요한 존재가 아니야"란 말처럼 들려 썩 유쾌하지 않다. 내 가치를 놓아 버려도 괜찮다는 말을 마치 위로처럼 건네지 말았으면 좋겠다. 결혼을 하고 시간이 지나도 나를 그냥 나로 봐 주길 바라는 건 지나친 욕심일까.

앞서 꺼냈던, 결혼은 혼자서도 잘 놀 수 있을 때 해야 한다는 말. 그 의미를 어렴풋이 알 것도 같다. 혼자일 때보다 혼자가 아닐 때 더 중요한 게 자존감을 지키는 일이기 때문이다. 혼자서도 스스로를 충족시키며, 오르락내리락하는 자존감을 끌어올려 단단히 붙들어 맬 줄 알아야 한다. 다른 건 상대가 어느 정도 채워 줄 수 있을지 몰라도, 자존감은 아무도 챙겨 줄 수 없으니까 말이다.

많은 사람이 연애 혹은 결혼을 하고 억울하다는 듯 내뱉는 말 중 하나가 혼자일 때보다 더 외롭다는 말이다. 그러면서 원인이 당연히 상대에게 있다고 떠넘긴다. 상대가 외로움을 채워 주지 못했기 때문이라고. 예전에 만났던 남자친구는 외롭다는 말을 입에 달고 살았다. 연인이 버젓이 있는데도 외롭다고 말하는 게 내 탓인 것만 같아, 더 자주 연락하고 평소보다 관심을 더 쏟았지만 그는 외롭다는 말을 멈추지 않았다. 미안한 마음이 들면서도 한편으로는 답답했다. 내가 해 줄 수 있는 건 아무것도 없었다.

그 사람을 외롭게 한 게 정말 나였을까? 이제 와 생각해 보니 그를 외롭게 한 건 그 사람 자신이었던 것 같다. 혼자서 잘 지내지 못해 느끼는 외로움, 즉 자기 자신으로부터 소외감을 느끼고 있었던 거다. 타인에게 관심과 사랑을 받으려고만 하고 자기 감정을 무시할 때 우리는 외로움을 느낀다. 연애도, 결혼도 외롭다는 이유만으로 해선 안 된다. 어차피 혼자일 때와 마찬가지로 외로운 감정을 떨칠 수 없을 게 뻔하고, 그 외로움 때문에 상대도 괴로워질 테니까. 혼자서 잘 지낼 수 있어야 사랑하는 사람과도 잘 지낼 수 있다.

한때 일본 드라마 「고독한 미식가」에 푹 빠져 주인공의 고독한 '먹부림'을 보는 재미로 살았다. 현실이 아닌 드라마이고 심지어 외로움을 넘어 고독하다고까지 표현했지만, 혼자 하는 그의 식사는 하나도 고독해 보이지 않았다. 누군가와 함께 밥을 먹을 땐 상대에게 집중하느라 식사에 신경을 덜 쓸 수밖에 없지만, 그는 혼자라서 음식의 맛에 온전히 몰입해 누구보다도 맛있게 든든한 한 끼 식사를 했다. 고독함을 몰입의 기쁨으로 바꾸는 것. 혼자서도 잘 지낸다는 건 바로 이런 모습을 말하는 거라고 생각해 본다.

취향의
발견

~~~~~

학창 시절엔 새 학년이 시작되면 설렘보다는 긴장과 비장함으로 무장한 채 일주일을 보냈다. 정신을 바짝 차리고 탐색하고 때론 은근한 눈빛으로 신경전을 벌이기도 한다. 그 일주일이 1년을 좌우할 것이기 때문에. 은지 하면 경은이, 수정이 하면 나래, 현주 하면 다희. 학창 시절엔 대부분 누군가의 이름 옆에 자동적으로 따라붙는 또 다른 이름이 있었다. 학급 친구들에게 가장 친한 친구라고 공인된 사이인 단짝. 소풍날 버스에서 마땅히 서로의 자리를 채워 줄 단짝이 있는 것만큼 든든한 것은 없다.

단짝은 새 학기가 시작되고 대개 일주일 사이에 결정이 된다. 중간에 크게 사이가 틀어지는 일만 생기지 않는다면 보통 1년 내내 유지되곤 한다. 단짝을 만드는 건 이렇게나 중요한 일인데, 나의 단짝 선발 방법은 의외로 간단했다. 우연히 옆자리, 앞자리, 뒷자리에 앉은 아이들이 단지 거리가 가깝다는 이유 하나만으로 후보군에 올랐고, 그중 성향이 가장 비슷한 한 명과 늘 단짝이 됐다.

고등학교 1학년 땐 옆자리에 앉은 친구와 특별히 가까워졌다. 나는 9번, 그 친구는 10번. 그녀 역시 나처럼 차분하고 조용한 성향의 아이였다. 다행히 그녀도 내가 마음에 들었는지 자기 이야기를 곧잘 꺼내 놓았고, 둘이서만 비밀 이야기를 공유하기도 했다. 그런데 그 친구에겐 특이한 점이 하나 있었는데, 당시 잘나가던 '아이돌 그룹'을 열성적으로 좋아하고 있던 것. 그 그룹 이야기만 나오면 눈에서 빛을 뿜어내고, 용돈을 모아 콘서트에 가는 게 꿈이라고 말하는 그 아이와 다르게, 난 무엇을 더 좋아하지도 덜 좋아하지도 않는 뜨뜻미지근한 사람이었다. 아이돌 그룹의 음악을 들어 보아도 특별히 끌리지 않았다. 대신 그녀의 이야기에 힘껏 맞장구쳐 주기 위해 그들의 얼굴과 이름을 외우고, 앨범에 수록된 노래를 모두 들어 보고, 출연한 예능 프로그램을 챙겨 보고, 앨범을 사러 갈 때도 동행했다. 그렇게 단짝의 최선을 다했다.

그렇게 세 달 정도를 보냈을까. 우리 반에 내 단짝과 같은 그룹을 좋아하는 한 친구가 전학을 왔는데, 성격이 괄괄하고 쾌활했다. 그 친구와 내 단짝은 취향은 같지만 성향은 전혀 달랐다. 늘 둘이었던 우리는 어느새 셋이 됐고, 짝이 맞지 않는 불안한 숫자에 나는 마음이 덜컹거렸다. 아니나 다를까. 언제부턴가 그들은 나를 옆에 두고 둘만의 이야기를 나눴고, 둘만의 스케줄을 잡았고, 둘만의 비밀을 공유했다. 그들의 세계가 공고해지면서 같은 아이돌 그룹을 좋아하는 아이들과 무리를 이루었다. 그 속에서 둘은 온전한 짝을 이뤘고, 나는 무언의 압박에 떠밀리듯 튕겨 나왔다. 그때의 배신감과 소외감, 씁쓸함이란.

그때부터였던 것 같다. 확고한 취향을 가진 사람을 달가워하지 않게 된 건. 취향이 분명한 이들은 자기와 다름을 배척하고 그들만의 세계를 만들어 내는 걸 좋아하는 사람들이라는 생각이 강해졌다. 그럴수록 난 더 무난한 사람이 되어야겠다고 생각했다. 취향에 따라 편 가르지 않고 모두를 두루두루 다 포용하는 사람이 되겠다고, 크게 호불호가 갈리지 않는 안전한 선택을 하겠다고 결심했다. 그 결과 내 마음이 어디로 움직이는지 살피기보다 다수가 무엇을 원하고 선택하는지가 내 취향의 기준이 됐다. 특별히 좋아하는 것도 딱히 싫어하는 것도 없이, 미적지근하게 살았다.

무난한 취향으로 쌓아 올린 벽에 갈래갈래 균열이 가기 시작한 건 결혼을 하고부터였다. 나와 성향이 비슷하고 취향은 불분명한, 그렇지만 무엇이든 포용할 수 있을 것 같은 무난한 사람과 결혼했다. 우리가 그런 무난한 사람이었음에도 불구하고 내 공간, 내 시간이 우리의 공간, 우리의 시간이 되자 빈번히 부딪쳤다. 결혼하고 나서 프라모델을 만들고 수집하는 것에 흥미를 붙인 남편과 집도 좁은데 프라모델을 여기저기 늘어놓아 집을 꼭 어지럽혀야겠냐는 나. 이것저것 새로운 것에 호기심이 많고 배우길 좋아하는 나와 진득하니 한 가지에 매진하길 바라는 남편. 소파, 식탁, 러그, 이불, 커튼 등의 선택부터 배치까지 원하는 바가 너무 달라 충돌하는 우리. 결혼 전에는 취향의 차이라고 하면 그저 영화관에서 선호하는 자리나 장르의 차이 정도였는데, 결혼을 하고 나선 훨씬 방대해졌다. 그렇게 우리 둘 다 스스로에게는 무난한 사람이라는 꼬리표를 붙이고, '상식적'이라는 말을 부싯돌 삼아 취향의 차이에 불꽃을 당겼다. "상식적으로 그건 좀 아닌 것 같은데"라는 말로 서로를 제지하려 했다.

어느 날은 TV에서 무척 흥미로운 커플 매칭 프로그램을 봤다. 남자의 외모와 스펙은 전혀 공개하지 않은 상태에서, 여자가 자신의 취향에 가장 부합하는 완벽한 상대를 찾는 것이 목적이었다. 여자는 취향을 검증하기 위한 여러 질문을 던진 뒤 남자들의 답변을 듣고, 자신의 취향과 다르면 가차 없이 탈락 버튼을 눌렀다. 만약 나와 남편이 그 소개팅 프로그램에 나갔다면 우린 결혼할 수 있었을까? 아니, 아마 난 미련 없이 1단계에서 그를 탈락시켰을 거다. 그렇다면 나와 취향이 100퍼센트 일치하는 사람과 결혼했다면 부딪칠 일 없이 찰떡같이 잘 맞는 부부가 됐을까? 뭐, 그랬을지도 모르지. 그렇다고 이 결혼을 후회한다고 말하는 건 아니니 오해는 마시길. (특히 남편!)

각자 취향에 대해 깊이 생각해 본 적이 없었던 우리는 주변 사람들의 취향이 상식이라 믿고 있었다. 남들은 다 그런데 왜 당신은 다르냐고. 당신이 틀렸다고. 남편도 나도 서로에게 익숙한 주변 사람들의 취향을 가지고 상식이라며 상대에게 강요하고 있었다. 그러니 자꾸 부딪칠 수밖에. 이런 일을 겪으며 뒤늦게 취향에 대한 고민이 시작됐다.

어느 날은 『행복의 기원』이란 책을 읽었는데 다음과 같은 내용이 있었다. '정답 같은 인생을 살지 못하면 행복 시험에 떨어진 것처럼 좌절하는 사람이 적지 않은데, 취향을 알아내는 일은 이러한 타인을 의식하는 문화에서 빠져나가는 통로'가 된다는 거다. 지금까지 내가 무난하고 모나지 않은 사람으로 살기 위해 사람들의 눈치를 많이 보며 살았구나 싶었다. 아마 남편과 적극적으로 부딪치지 않았다면 나의 취향에 솔직해질 생각도 못 했을 것 같다.

취향이 있다는 건 자신을 행복하게 하고 내 감정을 솔직하게 마주하는 일이다. 나를 위해 하는 작은 행동들이 마음 깊은 곳까지 따스한 봄바람을 불어넣는다. 다행히 내 결혼생활에도 봄이 왔다. 각자의 봄은 누가 지켜 주는 게 아니라 각자 지키기로 합의했다. 각자의 취향으로 시간과 공간을 채우는 것을 존중하고 있다. 서로의 취향이 충돌할 땐 한 소리 하고 싶어서 여전히 입이 근질거리지만, 애써 꾹 참고 거리를 두고 지켜본다. 자신의 취향에 빠져 있는 그 사람을 보고 있으면 종종 딱 그 사람다운 모습을 발견하게 될 때가 있다. 그때가 참 좋다. 그 모습을 보기 위해 나와 다른 취향에도 관대해진다. 취향은 단순한 기호가 아니라 편안한 삶의 방식이라는 걸, 이제야 이해하게 됐다.

요즘은 자기 취향을 몰라도 추천 시스템이 알아서 취향을 알려 주는 시대다. 내가 뭘 좋아하는지 애써 고민하지 않아도 볼 것, 읽을 것, 들을 것, 살 것을 알아서 골라 척척 추천해 준다. 크게 고민할 필요가 없으니 물론 편리하지만, 어쩔 땐 나보다 더 나를 아는 척하는 게 얄밉기도 하다. 그래서 최근에는 '이럴 줄 몰랐지' 하는 반전을 주고 싶은 마음에 추천받은 콘텐츠와 정반대의 것을 일부러 선택해 보기도 한다. 그러다 보면 "그래, 역시 나에게 추천해 주지 않은 이유가 있었군" 하고 내 선택을 후회할 때도 있고, "오, 왜 이걸 이제야 알게 됐을까" 하며 만족스러울 때도 있다. 취향에 정답은 없다. 나도 나를 완벽히 모르는데 추천 시스템이라고 완벽할까. 직접 '취향 저격'과 '취향 일탈'의 경계를 넘나들어 보자. 그럴수록 취향은 뚜렷해지고 그 이유는 명확해질 것이다.

Part 2

힘
빼고
가벼워
지기

삶의 무게를
줄이는 방법

~~~~~~~~

　학생 때 들고 다니던 가방은 무게가 돌덩이 같았다. 거의 모든 교과서를 책가방에 넣고 다닌 탓이었다. 그 날 수업이 없는 과목의 책이라도 혹시나 자습 시간에 필요할까 싶어 일단 가방에 집어넣었다. 집에 돌아갈 때도 역시 어깨에 얹은 가방의 무게는 꽤 무거웠다. 학교 사물함에라도 놓고 다니면 될 일인데, 혹시 집에 가서 공부를 하지 않을까 싶어 또 이것저것 다 챙겨 넣었으니 가방이 가벼울 리가 없었다. 결국 쓸데없는 일이었다. 공부할 때 그 많은 책이 다 필요하지도 않았고, 집에 와서도 공부는 무슨. 가방을 내려놓자마자 침대 위에 쓰러지는 날이 더 많았는걸. 그런데도 나는 학창 시절 내내 가방의 무게에 짓눌려 집과 학교를 오갔다. 덕분에 얻은 건 좋은 성적, 아니 그랬으면 억울하지나 않지. 지금까지도 나를 괴롭히는 고질적인 어깨 결림을 얻었다.

내 가방이 그토록 무거웠던 건 다 혹시나 하는 마음 때문이지 않았나 싶다. 뭘 해야 할지 모르니 이것저것 다 중요했고, 하고 싶진 않은데 해야 한다는 압박감 때문에 가방에 든 것을 덜어 낼 수도 없었다. 다행히 교복을 벗고 무거운 책가방으로부터 해방된 지도 어언 10년이 더 지났다. 책가방을 메지 않아도 되니 어깨가 날아갈 듯 가벼운 게 정상인데 전혀 그렇지가 않다. 책가방 대신, 어깨에 삶의 무게를 얹었다. 맡고 있는 역할에 충실해야 해서, 불안한 현실에 대비해야만 해서, 하고 싶다기보다 해야 하는 것들을 잔뜩 떠안고 있어서, 짊어져야만 하는 것들의 무게가 만만치 않다.

학창 시절엔 힘들다고 말하면 종종 친구들이 가방에 든 걸 나눠서 들어 주곤 했다. 어른이 된 지금은 삶이 힘들다고 말하면 짊어진 짐의 무게를 비교당한다. "너만 힘든 게 아니야. 나도 힘들어"라는 말 뒤에는 상대적으로 내 삶의 무게를 가벼이 취급하는 말들이 따라붙는다. 그래도 넌 결혼이라도 했잖아, 넌 취업이라도 했잖아, 넌 아는 사람이라도 많잖아,

넌 날씬하기라도 하잖아 등등.

가방의 무게는 나눠 들 수 있어도 삶의 무게는 혼자 책임 져야만 하는 각자의 몫이다. "네가 직접 한번 들어 봐! 내 것 도 네 것 못지않게 무겁거든!" 하고 각자의 짐을 바꿔 든다고 해서 무게를 절대적으로 평가할 수 있을까. 어차피 어떤 누구 의 짐을 들어 봐도 자기 짐이 가장 무겁다고 느낄 텐데. 그럼 에도 사람들은 상대가 감당해야 하는 무게를 자기 기준에서 너무 쉽게 판단한다. 그래서일까. 언제부턴가 나는 어깨가 무 겁다는 말을 사람늘 앞에서 잘 꺼내지 않게 됐다. 말해 봤자 누군가는 자신의 무게와 비교할 게 뻔하고, 다른 누군가는 짐을 덜어 줄 수 없어 불편한 마음을 갖게 될지 모르니까.

고래는 물고기처럼 생겼지만 어류가 아닌 포유류다. 해양 포유류 중 하나인 고래는 육지로 나와서는 살 수가 없다. 숨 을 쉬지 못해서? 아니, 고래는 우리와 마찬가지로 폐로 호흡 하기 때문에 물 밖에서도 충분히 숨은 쉴 수 있다. 고래가 물 밖에서 살 수 없는 건 엄청난 무게 때문이다. 지구상에서 가장 거대한 생명체로 손꼽히는 대왕고래는 평균 길이가 25미터, 평균 무게는 120톤가량이라고 하는데, 심장이 작은 자동차 한 대 크기다.

더 놀라운 건 어마어마한 무게에도 불구하고 바닷속에서 헤엄치는 속도는 굉장히 빠르다는 것. 물체가 물이나 공기 중에 뜰 수 있게 해 주는 부력 덕분에, 바닷속에선 고래의 거대한 무게가 문제되지 않는다. 하지만 바다 밖으로 나오면 부력은 사라지고, 중력을 받은 고래의 몸무게는 내장을 짓누른다. 육지로 올라온 고래는 자기 무게를 감당하지 못해 압사당하고 마는 것이다.

거대한 무게에도 불구하고 자유롭고 가뿐하게 바다를 누비는 고래처럼 우리 삶에도 부력이 필요하지 않을까. 우리에게도 각자가 짊어진 삶의 무게를 잊고 가벼워질 순간이 있어야 한다. 가끔 그렇게 삶에 짓눌린 나를 떠받쳐 줄 무언가에 기대야 한다. 다행히 우리는 고래가 아니라서 물 밖에서도 부력을 받을 수 있다. 삶의 무게가 아무리 무거워도 견딜 수 있는 힘은 소중한 것들에서 나온다. 소중한 사람, 소중한 시간, 소중한 물건, 소중한 가치 등이 부력이 되어 어깨를 짓누르는 무게로부터 가벼워지는 순간을 만들어 준다.

사람은 자기가 감당할 수 있는 만큼의 무게를 진다고 하지만 그것도 그렇게 쉽게 장담할 수 없다. 책가방을 쌀 때처럼 무게를 늘리고 줄이는 걸 매 순간 스스로 선택할 수 있는 것도 아니고, 또 언제 어떤 일로 인해 상상도 못 한 무게가 삶에 얹어질지 모르기 때문이다. 그런데 문제는, 많은 사람이 삶의 무게에 짓눌릴 때 보통 조금이라도 무게를 줄여 보려고 자기에게 소중한 것부터 먼저 내려놓는다는 것이다. 타인을 위한 것이나 책임져야 하는 것은 끝까지 짊어지면서도 나를 위한 것은 비교적 쉽게 내려놓는다. 당장은 짊어진 무게를 덜어 내는 것 같지만, 그게 곧 삶의 부력을 없애는 일이라는 걸 모른다. 뭍으로 나온 고래처럼 머지않아 압사당할지도 모르는데.

삶의 무게를 줄이려면 소중한 것들을 늘려야 한다. 어떤 환경과 말에도 흔들리지 않고 나에게 소중한 것들을 가장 먼저 지켜야 한다. 일본의 소설가 무라카미 하루키는 자신의 에세이 『랑겔한스섬의 오후』에서 작지만 소중한 행복을 말한다. '갓 구운 따끈한 빵을 손으로 찢어 먹는 것', '반듯하게 접어 넣은 속옷이 서랍 안에 가득 쌓여 있는 것', '오후 햇빛에 나뭇잎 그림자가 진 것을 바라보며 브람스의 실내악을 듣는 것', '면 냄새가 풍기는 새로 산 흰 셔츠를 머리에서부터 뒤집어쓰는 것'. 이것들은 아마 그의 삶의 무게를 줄여 주는 부력이 되었을 것이다.

나도 삶이 무겁게 느껴질 땐 나에게 사소하면서도 소중한 것들에 집중한다.

밤늦게 조명 하나 켜 놓고 라디오 들으며 맥주 마시기.

책 읽다 발견한 마음에 드는 문장 필사하기.

귀여운 캐릭터 이모티콘 구입하기.

친구랑 맛집 찾아다니며 배 터지게 먹기.

매운 음식이 당길 때 떡볶이 배달시켜 먹기.

하천 따라 자전거 타기.

해변에 앉아 바다 보며 멍하니 있기.

심심할 때 엄마랑 전화로 수다 떨기.

길 가다 가판대에서 예쁜 귀걸이 사기.

남편이랑 서로 귀 파 주기.

혼자 노래 틀어 놓고 따라 부르기.

사실 지친 삶을 일으켜 세우는 건 고작 이런 작은 것들이다. 고래가 바닷속에서 자기 무게를 잊고 자유롭게 누비는 것처럼, 우리도 각자가 소중하게 생각하는 것으로부터 조금 더 가볍고 유연하게 살아갈 힘을 얻는다. 삶의 무게를 이겨내며 살아간다.

앞으로 어떤 무거운 짐이 내 삶에 얹어진다 해도 나는 계속해서 작지만 소중한 행복들을 늘려 갈 것이다. 소소한 것들을 하찮은 것이라 말하는 사람들에게 굴하지 않고, 나에게 소중한 것들을 꿋꿋하게 지킬 것이다. 그리고 다른 사람들과 자신의 삶의 부력이 무엇인지 이야기 나누는 기회가 많아지면 좋겠다. 삶의 무게를 서로 비교할 필요도 없고 상대의 짐을 덜어 주지 못한다는 부담감을 갖지 않아도 되니까. 그렇게 우리의 삶이 가뿐해지는 순간들이 자주 있으면 좋겠다.

좋아하는 일과
잘하는 일이 다를 때

~~~~~~~~~

　나는 마이크 잡는 일을 좋아한다. 평소에는 말이 없어서 조용한 줄로만 알았던 사람이 마이크 앞에서 전혀 다른 사람이 되는 걸 보고 주변 사람들은 항상 신기해했다. 라디오 리포터로 처음 방송을 하던 날, 같이 방송을 했던 아나운서 부장님은 "넌 처음인데 어쩜 긴장을 하나도 안 하니. 방송 몇 년 한 사람 같다"고 말씀하셨고, 얼굴을 보지 않고 방송으로 목소리만 들었던 사람들은 실제 내 모습과는 다르게 풍채가 좋으면서도 도도한 이미지를 떠올렸다.

　퇴근 후 성우 학원에 다니며 성우 준비를 할 때도 마찬가지였다. 목소리 좋다는 소리 하나만 믿고 성우란 직업에 관심을 갖게 됐는데, 목소리보다 연기력이 중요하다는 걸 뒤늦게 알았다. 내레이션에는 비교적 자신이 있었지만, 살면서 한 번이라도 연기를 해 본 적이 있어야지. 기름기 쪽 뺀 고기는 담백하기라도 하지만 감정을 쏙 뺀 내 연기는 씹을수록 질겨져서 도저히 목으로 넘길 수 없는 퍽퍽한 고기 같았다. 원래 나라면 이런 형편없는 실력을 가지고 사람들 앞에 뻔뻔하게 나서는 성격이 못 된다. 차라리 안 하고 말지. 하지만 그땐 달랐다. 수줍음도 떨치고 얼굴에는 철판을 깔았다. 잘하고 싶었다. 부끄러워하다가도 마이크 앞에서는 생활력 강한 아줌마가 됐다가, 애니메이션 속 전사도 됐다가, 다섯 살 남자아이도 됐다.

마이크 앞에서는 내가 그렇게 딴 사람이 되는 것 같아 좋았다. 그 순간만큼은 소심하고 부끄럼 많은 내가 사라지고 자신감 있고 당당한 나로 새로 태어나는 것 같았다. 하지만 좋아한다고 해서 그 일을 직업으로 삼는 건 굉장히 어려운 일이었다. 좋아하는 일을 남들보다 잘하기까지 한다면야 별 무리 없이 직업으로 연결할 수 있겠지만, 문제는 좋아하는 일이 잘하는 일이 아닐 때다.

마이크 앞에 서면 잘한다는 소리를 곧잘 들었지만 방송사 공채에 합격할 정도는 아니었다. 아나운서가 되고 싶었지만 수천 대 일의 경쟁률을 뚫고 합격할 만한 실력은 못 됐다. 성우 역시 1년에 두세 곳의 방송사가 공채를 할까 말까 할 정도로 시험의 기회가 적었고, 그렇게 성우 공채에 합격하는 인원은 1년에 고작 10여 명 정도에 불과했다. 마이크만은 꼭 잡고 싶어서 뜬금없이 방송 기자 시험에도 몇 번 기웃거려 봤지만 결국 내 길이 아니라는 결론뿐이었다.

'좋아하는' 일과 '잘하는' 일. 둘 중 어떤 일을 직업으로 삼아야 할까? 많은 사람이 고민하는 문제다. 현실적으로 잘하는 일이 직업이 될 가능성이 더 크다. 좋아하는 일을 선택하기에는 넘어야 할 산들이 너무 많기 때문이다. 과연 그 회사에서 나를 뽑아 줄까? 먹고 살 만큼 돈을 벌 수 있을까? 안정적인 일이 아닌데 성공할 때까지 버틸 수 있을까? 나이도 많은데 언제까지 지망생에만 머물러 있어야 할까? 좋아하는 일에 대한 열망 때문에 좌절이 반복되고 괴로울 때, 사람들은 결국 하고 싶은 일을 포기하고 할 수 있는 일을 한다. 나 역시 그랬다. "할 만큼 했어. 깨끗이 접자." 더는 마이크를 잡지 않겠다고 다짐하며 나를 필요로 하는 곳에서 다른 일을 시작했다. 포기하면 더는 좌절감을 겪을 필요도 없고 그럭저럭 현실에 만족하며 살게 될 줄 알았다.

그런데 웬걸. 돌고 돌아 요즘도 가끔 마이크를 잡는다. 방송국이 아니라도 목소리를 필요로 하는 곳은 생각보다 많았다. 크고 작은 광고나 오디오북 녹음 일에 목소리를 보태며 용돈벌이를 하기도 했고, 시각 장애인을 위한 음성 콘텐츠 제작을 위한 목소리 기부에 참여하기도 했고, 관심 있는 분야의 팟캐스트 진행도 하고 있다. 직업적으로 욕심내는 대신, 내가 할 수 있는 일을 찾아 즐기기로 했다. 잘해야만 하는 일들에 치이다가 지친 마음을 기댈 곳을 찾은 것이다. 이제는 잘하지 않아도 되는 재미있는 일에 의지해 피로를 푼다.

사회 분위기가 예전과 달라졌다. 용기를 갖고 좋아하는 일을 자기 업으로 만들어 나답게 살라고 부추기거나, 뭘 좋아하는지 모르겠다고 하면 여태 그걸 모르면 어떻게 하냐고 다그친다. 좋아하는 일이지만 잘하지는 못한다고 하면 열정과 노력이 부족한 거라고 몰아세운다. 불과 얼마 전까지만 해도 좋아하는 일만 하고 사는 사람이 어디 있냐며 철 좀 들라고 해 놓고 왜 갑자기 유난들인지.

나는 좋아하는 일이 잘하는 일이 아닐 때 겪어야 하는 고통을 잘 안다. 그래서 무작정 좋아하는 일이 직업이 되어야 한다고는 생각하지 않는다. 대신 어떤 일을 직업으로 삼든, 좋아하는 일만은 어떻게든 손에서 놓지 않았으면 좋겠다. 꼭 직업이 아니더라도 그 일을 할 수 있는 기회는 얼마든지 있으니까. 신기하게도 좋아하는 일을 하다 보면 삶의 긴장이 풀린다. 뻣뻣하게 경직되어 있던 삶이 말랑말랑 부드러워진다. 직업이 아니라도 좋아하는 일을 가치 있게 다뤄야 하는 이유다.

돈벌이도 안 되고, 사람들의 인정을 받지 못하고, 결과가 좋지 않아도 정말 하고 싶은 일이 있다면 조금씩, 꾸준히, 충분히 즐기는 시간을 쌓아 보자. 그렇게 삶이 말랑말랑해지면 뻣뻣할 땐 보이지 않던 것들이 눈에 들어올 거다. 나는 그 덕분에 인생을 나아갈 새로운 방향을 찾았다. 꽁꽁 묶여 있는 것만 같았던, 어떤 삶을 살고 싶은지에 대한 고민이 풀려가고 있다.

나를 닮은
집

～～～～

　스물일곱쯤이었나. 처음으로 독립이라는 걸 하며, 혼자
만의 서울살이를 시작했다. 부모님의 경제력에 기대어 겨우
얻어 낸 공간의 독립일 뿐이니 '자립'이라고 하긴 염치없고,
뻔뻔하지만 '의존적 독립'이라고 하면 마음이 좀 편하려나.
아무튼 내 힘으로 이뤄 냈든 아니든, 그건 중요하지 않았다.
난생처음 나만의 생활 공간을 갖게 됐다는 설렘과 부모님에
게서 해방됐다는 기쁨이 어마어마하게 컸으니까. 취업했을
때보다 몇 배는 더 기뻤던 걸로 기억한다.

　30년 가까이 부모님한테 들러붙어 밥도, 빨래도, 청소도

내 힘으로 해결한 적 없이 기생충처럼 살았으면서, 혼자 살면 내 방식대로 자유롭고 멋지게 나만의 라이프가 시작될 거라 기대했다. "내가 못하는 게 아니야, 안 한 거지." 부끄러운 줄도 모르고 떠들어 대는 딸을 보며 엄마는 얼마나 속이 부글거렸을까. 지금 생각하면 참 우습다.

　　과일과 채소를 냉장고에 양껏 쟁여 놓고 부지런히 아침마다 믹서에 갈아 마신다. 주스 한잔 마시고 간단한 스트레칭으로 건강하게 아침을 여니 어쩜 이리 상쾌한지. 10분마다 울리는 알람을 꺼 가며 이불 속을 파고들던 게으른 나는 이제 없다. 집과 회사는 걸어서 10분 거리지만 신입사원이니까 출근 시간 30분 전에는 자리에 앉아 밝게 웃으며 선배들을 맞는다. 요즘 유행하는 인테리어 스타일이 뭔지 살펴보고, 마음에 드는 소품은 간편하게 인터넷으로 주문한다. 소품 하나로 썰렁하던 집이 화사하고 아늑해졌다. 앞치마를 두르고 재료를 정갈하게 손질해 근사한 요리를 만들고, 자고로 보기 좋은 음식이 먹기도 좋다고 했으니 예쁜 그릇에 정성껏 담아 먹는다. 저녁을 먹고 나선 서둘러 빨래와 청소를 끝마치고 집 앞 공원을 산책한 뒤, 은은한 조명 아래서 책을 읽다가 잠이 든다. 아, TV에서 본 여배우의 일상처럼 완벽하다.

그래, 누군가는 이런 이상적인 삶을 살겠지. 그렇지만 내 이야기는 아니다. 독립한 후로 쭉 그랬다. 아침에 건강 주스 따위 만들 시간이 어디 있나. 단 5분이라도 더 이불 속에 있고 싶은데. 채소는 손질도 보관도 손이 너무 많이 간다. 아, 정말 귀찮다. 안 먹고 말지. 게다가 늦게 일어나 머리도 못 감고 대충 쓱쓱 빗질만 하고 출근하는 날이 하루 이틀도 아닌데, 한가로이 스트레칭할 여유 같은 게 있을 리가. 입사하고 한 달쯤 지나서부턴 출근 시간 5분 전에 부랴부랴 집에서 나와 전속력으로 달려 겨우 지각을 면하곤 했다. 쇼핑몰 사이트에 있던 세련된 소품들은 왜 우리 집에만 오면 하나같이 다 구질구질해지는 건지. 창고로 쓸 공간 하나 없는 작은 원룸이라 한 쪽 구석에 자질구레한 물건들을 잔뜩 쌓아 놓고 어수선하게 살았다. 반면 냉장고는 텅텅 비었다. 바닥에는 인스턴트 음식과 과자 봉지가 굴러다니고, 구석에는 먼지와 머리카락이 잔뜩 모여 있었다. 매일 밤 TV도, 불도 못 끄고 어떻게 잠들었는지조차 모르는 날이 대부분이었다.

나만의 공간을 갖게 되면, 내 방식대로 사는 진짜 나의 삶이 시작될 거라 믿었는데, 달라진 건 없었다. 독립 전이나 후나 한결같이 게으른 인간이라는 걸 확인했을 뿐. 그마저도 핑계를 갖다 붙이기 바빴다. 내 취향을 다 반영하기에는 집이 너무 좁다, 일이 너무 바쁘고 힘들어서 집에 신경 쓸 겨를이 없다, 내 집도 아니고 월세 내고 사는 형편에 애초에 집에 각별한 애정이 생길 리 없다 등등. 그 후 몇 번의 이사와 이직을 경험하고 나서야 비로소 인정하고 말았다. 어떤 변명도 정당하지 않다는 걸. 나는 자취를 통해 내가 의욕은 넘치지만 게으름에 쉽게 굴복해 버리고야 마는 인간이라는 걸 받아들이게 됐다.

결혼 전, 남편과 신혼집을 꾸미는 문제를 놓고 많은 이야기를 나눴다.

"거실에는 TV를 놓지 말고, 카페처럼 꾸몄으면 좋겠어. 책 읽고, 글 쓰고, 커피 한잔하면서 우리가 대화할 수 있는 공간으로 만들면 좋지 않을까?"

"거실 한쪽에는 작은 책상을 놓아서 프라모델 만드는 작업대로 쓰고 싶어. 가능하면 작업한 것들을 넣어 두는 장식장도 하나 있으면 좋겠다."

"베란다는 작은 화단처럼 꾸미고 싶어. 그 옆에 작은 의자도 놓아두면 마음 편히 쉴 수 있는 공간이 되겠지."

집을 꾸미며 공간, 소품, 벽지, 조명 등에 대해 이야기하다 보니, 자연스럽게 서로와 서로의 삶도 나누게 됐다.

그러고 보니, 지금 살고 있는 이 집은 우리를 많이 닮아 있다. 예전에 내가 혼자 살던 집, 부모님과 살던 집에서의 내 방도 마찬가지로 나를 닮았다. 내가 나에게 무심했듯, 내 공간에도 나에게 무심한 내가 담겨 있었다.

서른이 훌쩍 넘어서야 비로소, 나를 닮은 '나의 공간'을 제대로 들여다보게 됐다. 이젠 집을 살피면서 나를 생각하고 내 삶의 기본을 챙긴다. 일주일에 두세 번쯤은 침대에 널브러져 있고 싶은 게으른 마음을 간신히 추슬러 집 안 곳곳에 뽀얗게 앉은 먼지를 닦아 내고, 너저분하게 자리한 물건들을 제자리에 가져다 놓고, 언젠가 버려야지 하며 벼르고 있던 쓰레기 봉지를 버린다. 귀찮음을 간신히 밀어내니 그 자리를 뿌듯함이 채운다. 그리고 생각한다. 나는 어떤 공간에서 편안함과 자유로움을 느끼는지, 무엇을 하고 있을 때 그 자체로 즐거웠는지. 내가 추구하는 삶의 방식은 무엇이며 어떤 사람이 되고 싶은지. 그러려면 집에선 무얼 하며 시간을 보내야 할지 생각한다. 덕분에 집을 단순한 '물건'이 아닌 '나'로 가득 채울 수 있게 됐다.

아빠는 늘

한 걸음 떨어져 있었다

~~~~~~~~~~~~~~

아빠가 CD를 건넸다. 나와 동생, 각자 한 장씩.

"인화한 사진들을 앨범에 보관해 두면 갈수록 색이 변하고 바래잖아. 세월이 지나 상태가 더 안 좋아지기 전에 한 장한 장 디지털카메라로 다시 찍어서 파일로 저장해 놓은 거야. 가지고 가렴."

"에이, 아빠. 힘들게 뭐 하러 그걸 일일이 다 찍었어요."

아빠는 CD를 무심하게 툭 건넸고, 딸은 고맙다는 말도제대로 않고 집에 가져왔다.

그간 종종 어린 시절 사진을 꺼내 보곤 했으니, "정말이 조그만 꼬마가 나야?"하며 더는 놀랄 일이 없었다. 추억을 들춰 보고 싶으면 부모님 집에 갔을 때 언제든 손쉽게 앨범을 꺼내면 된다. 솔직히 CD 속 사진이 새삼스레 특별하게 느껴지지는 않았다.

사진을 열어 본 건 CD를 받은 지 한참 지나서였다. 분명 대부분 눈에 익은 사진들인데, 왠지 모르게 눈에 눈물이 맺히면서 자꾸만 볼을 타고 떨어졌다. 갓난아기 때부터 중학교 때까지의 내 사진들 뿐만 아니라 내가 세상에 나오기도 한참 전 아빠, 엄마의 젊은 시절을 담은 흑백 사진들도 있었다. 사진들은 30년 이상의 세월을 지나오면서 약간씩 색이 바래고 얼룩지긴 했지만, 우리 가족의 옛 모습 그대로를 변함없이 지켜오고 있었다. 세월의 때가 묻은 사진의 상태가 사진 속 어린 내 모습이나 젊디젊은 부모님 모습과 대조를 이루고 있었다.

아빠는 약 7개월 동안 몇 권의 앨범 속에 담긴 사진 수백 장을 틈틈이 되살리는 작업을 했다. 세월을 거슬러 되살아난 사진 파일에서도 아빠 특유의 꼼꼼함이 드러났다. 아빠는 카메라 프레임을 약간의 비뚤어짐도 없이 아날로그 사진의 모서리에 딱 맞춰 셔터를 눌렀고, 그렇게 찍은 사진 파일을 나름의 기준으로 분류해 번호순으로 정렬했다. 그렇게 되살아

난 사진 한 장 한 장은 단순한 사진이 아니라 그리움이었다. 세월이 흐르는 건 막을 수 없어도 가족의 추억마저 흐릿해지는 것만은 막아 보고 싶었을 아빠의 간절함이 느껴졌다.

아빠는 우리 집 대표 사진사였다. 사진을 찍는 사람은 사진에 모습이 드러나지 않는 법. 어린 시절 사진을 보면 나와 엄마, 동생의 모습은 가득한 대신 아빠의 모습은 몇 장 찾아보기 어렵다. 사진 속의 나는 밝게 웃고 있지만은 않다. 꾸중을 들었는지 서럽게 울고 있기도 하고, 동생과 싸우고 분한 마음에 눈을 흘기고 있는 순간도 있다. 한여름 더위에 지쳐 맥없이 방바닥에 널브러져 있는 모습도 담겨 있다. 놀이공원이나 산, 바다에 놀러 가 찍은 사진도 있지만, 집 안이나 집 주변 골목, 놀이터를 배경으로 한 익숙한 사진들도 많았다.

사람들은 오래도록 기억하고 싶은 순간을 만났을 때 카메라 셔터를 누른다. 내가 별 의미 없이 살고 있는 일상도 아빠에겐 오래 기억하고 싶을 만큼 특별한 순간이었던 거구나. 아빠는 사진 속 주인공인 나보다 그 순간의 기억과 감정을 더 선명하게 기억하고 있을 거란 생각이 들었다. 카메라 셔터를 누른 건 단순한 손가락이 아닌 아빠의 마음이었을 테니까. 그래서 사진 색이 조금씩 바래는 걸 보면서 그때의 감정까지 희미해져 가는 게 못내 아쉬워, 되돌아갈 수 없어 더욱 아름답게 기억될 그리운 순간들을 가족에게 되살려 주고자 했던 것이 아닐까.

『윤미네 집』은 큰딸 윤미가 태어나 시집가는 날까지 26년간의 일상을 고 전몽각 교수가 틈틈이 기록한 사진집이다. 딸 윤미가 성장해 가는 모습과 그녀를 둘러싼 가족의 평범한 일상이 가득 담겨 있다. 사진집에 수록된 인터뷰를 보니, 윤미 씨도 자신의 아버지는 늘 사랑하는 가족의 일상을 순간순간 있는 그대로 남겨 놓기 바쁘셨다고 회상했다. 남매가 싸울 때도, 울고 있을 때도, 산 정상에서 무서워 고개도 못 들고 어지러워할 때도, 아버지가 손수 만들어 주신 연을 날리고 썰매를 타며 웃을 때도 아버지는 늘 사진을 찍고 계셨다고. 그래서 사진집을 보면 한 가정이 20여 년의 세월을 거치며 자라는 과정과 긴 세월 변함없이 가족을 아끼고 사랑한 아버지의 마음을 엿볼 수 있다. 한 가족의 이야기가 담긴 사진집에서 많은 이가 뭉클함을 느낀 것도 바로 그 때문일 것이다. 우리가 보는 건 사진 속에 담긴 윤미 씨 가족의 모습이지만 전몽각 교수의 프레임 밖 따스한 시선 역시 느낄 수 있어서. 그리고 아버지가 떠올라서.

어렸을 땐, 아빠는 내게서 늘 한 걸음 떨어진 존재처럼 보였다. 함께 있지만 아빠 혼자 카메라 프레임 밖에서 사진을 찍을 때처럼 말이다. 엄마, 동생과는 별일 아닌 일에도 히히 웃고 떠들어도 엄했던 아빠 앞에서는 말도 행동도 조심했다. 잘못했다고 혼이 날까 봐. 기대에 못 미쳐 실망시켜 드릴까 봐. 이 정도면 칭찬받겠지, 하고 잔뜩 들뜬 마음으로 이야기를 하면 "잘했네"라는 말보다 "더 잘했어야지"라는 말을 더 많이 했던 아빠다. 무뚝뚝한 딸의 눈에는 아빠가 엄격하고 냉철한 사람으로만 보였다. 그렇게 30여 년을 살아왔다. 그런데 아빠가 찍은 사진을 세월이 지나 다시 보니 다르게 보인다. 무척 포근했다. 언젠가 부모의 자리에 선다면 난 아이들을 이렇게 따뜻한 시선으로 바라볼 수 있을까 싶을 정도로, 포근했다.

늘 가족을 대표해 카메라를 들었던 아빠의 묵묵하고 투박한 사랑 표현을 너무 늦게 이해했다. 아빠는 카메라 프레임 밖에 서 있던 만큼 외로운 시간이 많지 않았을까. 내가 카메라를 책임질 수 있을 정도로 성장하면서부터는 아빠의 모습이 담긴 사진도 차츰 늘어났다. 그러면서 어려웠던 아빠와의 심리적 거리 또한 서서히 가까워짐을 느낀다. 내가 아빠를 대신해 카메라 프레임 밖에 서는 일이 많아져서인지, 아니면 이제 나도 아빠가 처음 우리 가족의 사진사가 됐던 그 나이를 훌쩍 넘겨서인지. 정확한 이유는 모르지만 어쨌든 사진 한 장에 담긴 소중한 마음을 이제라도 알았으니, 늦기 전에 더 많은 시간을 흘려보내지 않아서 다행이다.

흔적을
남긴다는 것

～～～～～

짐을 다 빼고 난 텅 빈 방에 서 있는데, 2년 전 처음 집을
보러 왔던 때가 생각났다. 전에 살던 사람은 이미 어딘가로
떠나고, 그날도 이렇게 텅 빈 모습으로 새로 올 주인을 기다
리고 있던 집. 보다 정확히 말하면 집의 실소유주는 변함없
지만 마치 이어달리기를 하며 바톤을 주고받듯 일정 기간 머
물다 떠날 세입자를 구하고 있는 집이었다. 알고 보니 내가
태어난 해에 지어져서 친구뻘 되는 아파트로, 재개발이 결정
될 날을 기다리는 중이었다.

"귀신 나오겠다. 이런 데서 어떻게 살아." 제 나잇값을 톡

톡히 하고 있는 집의 모습을 보니 절로 한숨부터 나왔다. 곳곳에 금이 가고 깨진 화장실 타일들, 크레파스로 알록달록 그림이 그려진 창문, 구석기 유물 같은 조명, 문짝이 비뚤어진 신발장, 온갖 유치하고 감성적인 문구로 낙서되어 있는 벽. 세월의 흔적만큼 머물다 간 사람들의 흔적 또한 강렬했다. 전 세입자의 흔적인지, 전전 세입자의 흔적인지 알 수 없는 흔적들. 집주인은 집을 산 이후로 세입자가 몇 번이나 바뀌는 동안 한 번도 집에 와 보지 않은 모양이었다. 투자가 목적이었던 그의 관심은 오로지 때맞춰 세입자를 들이는 일과 집값이 오르고 내리는 것뿐이었을 것이다.

이런 곳에선 못 산다고 뛰쳐나오고 싶었지만, 염치없이 부모님 손을 빌려 신혼집을 마련하는 형편에 좋은 집 타령이나 하고 있을 수만은 없었다. 도배랑 장판만 새로 해도 몰라보게 달라질 거라는 중개업자의 말을 위안 삼으며 마음을 다잡았다. 사정을 모르는 도배집 사장님은 "전세라면서 남의 집에 뭐 하러 돈을 들여. 웬만하면 그냥 살지"라며 핀잔했지만, 아무리 잠시 머물다 떠날 집이라도 감당하기 힘든 타인의 흔적까지 껴안고 살 순 없었다. 곳곳에 낙서가 되어 있던 누런 벽이 연회색의 깔끔한 벽으로, 촌스러운 개나리색 장판이 매끈하고 연한 나뭇결 장판으로, 얼룩덜룩 낙서의 흔적이 묻어 있던 흰색 문이 짙은 남색 문으로 옷을 갈아입었다. 그래도 살다 보니 처음에 미처 발견하지 못했던 또 다른 흔적들이 더 눈에 들어왔지만, 어느 정도는 감수하며 살 수밖에 없었다. 내 집이었다면 마음 편히 싹 다 고쳤겠지만, 내 집이 아니니까. 난 그저 잠깐 머물다 가는 사람이니까.

그렇게 2년이 지나고 막상 이사를 떠나려니 좋기만 할 줄 알았는데 시원섭섭하다. 덩그러니 휑한 방을 마지막으로 한 번 더 둘러본다. 다음에 올 세입자에게 하고 싶은 말이 떠오르는데, 마치 헤어진 애인을 그의 다음 연인에게 부탁하는 것만 같다.

"물을 오래 안 틀다가 틀면 잠시 녹물이 섞여 나올 수 있으니, 물을 얼마간 틀어 두었다가 쓰는 게 좋고요. 보일러가 오래돼서 잘 켜지지 않고 불이 깜빡깜빡 들어올 때가 가끔 있어요. 그럴 땐 전원을 몇 번 껐다 켰다 반복해 보세요. 여름엔 전기 사용량이 많아선지 아파트 전 세대에 갑자기 전기가 떨어질 때가 있어요. 그럴 때를 대비해 미리 초를 구입해 두는 게 좋아요. 현관문을 닫을 때 혹시라도 갑자기 문고리가 툭 하고 떨어져도 당황하지 마세요. 잘 맞춰서 꽂은 후 오른쪽으로 계속 돌리면 고정이 돼서 한동안 괜찮을 거예요. 부동

산 아줌마가 여름에도 정말 시원한 집이라고 했지요? 전 이 집에 살면서 처음으로 여름 지옥을 맛봤어요. 너무 더워서 도저히 집 안에 있을 수가 없더라고요. 밖으로 피신하고 얼린 물병을 수건으로 두르고 안고 자야 겨우 잠이 들었어요. 그래도 이 집, 저랑 남편이 손보고 고치고 닦아서 좀 집다워진 거예요. 새로 오시는 분이 이 집에 또 어떤 흔적을 남기실지 모르겠네요. 부디 행복하게 사세요."

누구도 우리에게 말해 주지 않았던 것들, 물론 나 역시 이사 올 사람에게 차마 말할 수 없는 것들. 직접 살아 본 사람만이 알 수 있는 것들이자, 다른 사람이 남긴 흔적을 마주하는 과정에서 자연스레 알 수 있는 것들. 집의 실소유주지만 한 번도 거주한 적이 없는 집주인은 절대 알지 못하는 것들이다. 머물다 떠나는 사람만이 할 수 있는 이야기. 내가 소유한 집은 아니지만, 2년 동안 살았던 '내 집'이었으니까.

머물다 떠난 자리에는 어떻게든 흔적이 남는다. 사람에게 머물다 가는 것도 마찬가지. 결코 끝나지 않을 줄 알았던 관계의 끝을 보았을 때, 상대가 떠나갔다는 사실보다 더 괴로운 건 그가 남기고 간 흔적을 고스란히 마주할 때다. 상처든 좋은 기억이든, 머물던 사람이 떠났다고 해서 그가 없었던 것처럼 지워질 리 없다. 한동안은 사소한 습관, 말투, 행동 등 이런저런 흔적들이 뇌리에 남아 이따금 가슴을 콕콕 찔러 댈 것이다. 고통스럽지만 기다릴 수밖에. 보고도 애써 모른 척하지 않아도 무심해질 때까지. 새로운 사람과 손잡고 함께 불필요한 흔적은 지워 내고 새 흔적을 만들어 갈 때까지.

지금까지 내가 머물던 집엔 어떤 사람들이 무슨 흔적을 남긴 채 떠나갔고, 또 나에겐 어떤 사람이 머물다 크고 작은 흔적을 안기고 떠나갔던가. 반대로 나는 그동안 머문 집에 어떤 흔적을 남겼고 또 누구의 기억에 쉽게 지워지지 않는 흔적을 남겼던가. 어렴풋하게 떠올릴 순 있어도 선명하게 떠오르지 않는 걸 보면, 절대 잊히지 않을 것 같았던 기억들도 시간이 지나면 필연적으로 흐릿해진다는 걸 실감한다. 지난 흔적이 흐릿해진다는 건 현재에 충실하고 있다는 증거니까, 지금을 살자. 현재를 사랑하자. 누군가 남긴 눈물 젖은 흔적은 덮어 두고.

폼 좀
잡고 살자

~~~~~~~

　"있잖아. 난 다시 태어나면 사진작가가 될 거야." 친구가
말했다. 우리 나이 고작 서른이 좀 지났을 뿐인데, 100세 시대
니 앞으로 50년 이상은 더 살지 않을까. 그런데 벌써부터 다
음 생을 준비하다니, 참 부지런한 친구다. "뭘 다시 태어날 때
까지 기다려. 그냥 지금 하면 안 돼?" 하고 물으니, 친구가 헛
웃음을 보였다. 사진을 전공한 것도 아니고 요즘 사진 잘 찍
는 사람들은 또 얼마나 많은데, 이제 와서 무슨 사진작가가
되겠냐며. 괜히 폼이나 잡고 다닌다고 사람들이 비웃을 게 뻔
하다고 했다.

뭐든 될 수 있을 줄 알았던 10대를 보내고, 뭐라도 되겠지 낙관하던 20대도 보내고, 이젠 뭘 해도 늦었다는 비관론에 사로잡힌 30대를 보내고 있다. 어렸을 땐 막연히 30대가 되면 자기가 하고 싶은 일쯤은 당연히 잘 알고 있을 거라 생각했다. 20대 때부터 다져 놓은 길을 흔들림 없이 걷고 있을 줄로만 알았다. 그런데 이게 뭐람. 여전히 이 길, 저 길 갈피를 못 잡고 방황하는 신세 아닌가. 게다가 20대와 30대의 차이를 피부로 겪으며 나이 듦을 실감하고 있는데, 뭘 하려 해도 나이 때문에 제약이 생기니 서러워 미칠 지경이다.

친구와 이런 이야기를 나누며 신세 한탄을 한 게 어느덧 1년 전이다. 지금, 그녀는 어엿한 사진작가가 됐다. 사진은 찍지도 않고 카메라를 만지작거리길 3개월, 카메라를 밖에 들고 나가서 셔터 몇 번 누르고 또다시 집에 방치해 뒀다가 다시 찍는 시늉 좀 하길 3개월, 독학을 해 보겠다고 책을 사 놓고 앞 장만 겨우 들춰 보다 냄비 받침으로 쓴 지 2개월, 사진전을 모조리 관람하고 사진 수업을 들으며, 꺼져 가던 열정에 힘껏 부채질하며 겨우 불씨를 살려 낸 기간 2개월. 이젠 제법 폼이 난다. 작은 핸드백보다 카메라 가방을 메는 일이 잦아졌고, 회사에서 스트레스를 잔뜩 받은 날에는 카메라를 들고 무작정 집 주변을 서성인다.

친구는 이젠 종종 남들에게도 '사진작가님'이라고 불린다. 언니의 결혼식 날 스냅 사진을 찍어 준 걸 계기로 지인들 본식 스냅, 데이트 스냅도 몇 번 도맡아 찍더니, 자신을 알음알음 추천해 주는 사람이 늘어났다고 했다. 그렇게 회사원과 사진작가의 삶을 살고 있다. 사진 공모전에 몇 번 출품도 해 봤지만 아직까진 한 번도 입상하지 못했다고 한다. 아무래도 속상할 텐데, 그녀는 실력이 형편없으니 당연한 결과라며 실실 웃는다. "난 돈을 많이 벌고 유명한 사진작가가 되고 싶은 욕심은 없어. 그래도 나중에 사진으로 용돈 정도 버는 할머니는 될 수 있지 않을까?" 1년 전, 폼 잡는다고 사람들이 비웃을까 봐 걱정하던 그녀가 달라진 것이다. "폼 좀 잡으면 어때. 근사하잖아. 하기 싫은 일에 찌들어 어깨도 제대로 못 펴고 사는 것보다, 가끔 좋아하는 일도 하며 폼 나게 사는 거. 사람들은 비웃는 게 아니라 부러워하는 거야." 요즘 그녀는 진짜 폼 나게 살고 있다.

나도 한때 친구처럼 30대 비관론에 빠져 있었다. "나보다 글 잘 쓰는 사람이 많은데 내가 무슨 글을 쓰겠어?" "나보다 목소리 좋은 사람이 많은데 성우는 무슨." "새로운 것을 시작하기에 지금은 너무 늦었어." 20대 때 무수히 실패하고 좌절하며 내가 배운 건 세상엔 잘하는 사람들이 넘쳐 나고 꿈은 노력만으로 가까워지지 않는다는 것이었다. 하고 싶은 걸 잘 하지 못하는 나를 보는 게 괴로운 나머지, 하고 싶은 것들과 마음마저 지워 버리려 애썼다.

그런데 지금은 사진작가 친구처럼 나도 어떻게든 하고 싶은 일을 하며 살고 있다. 아이러니하게도 전업 작가, 방송 사 공채 성우라는 직업에 대한 욕심을 버리고 난 후에 벌어 진 일이었다. '무엇이 되어야만 한다는 욕심'보다 '무언가를 하고 싶다는 순수한 열정'이 앞서자 가능해졌다. 잘하지 않 아도 괜찮다고 생각하니 가벼워졌다. 쓰고 싶은 글을 썼고, 내 목소리가 쓰일 수 있는 곳으로 갔다. 그렇게 내가 좋아하 는 일을 하다 보니, 최고가 되지는 않더라도 나를 필요로 하 는 곳은 있다는 걸 알게 됐다.

좋아하는 일, 꿈꾸던 일을 직업으로 삼은 사람이 얼마나 될까? 갈망하고 동경하다가 결국 포기하는 사람이 훨씬 더 많을 것이다. 하지만 하고 싶은 일을 포기하지 않고 삶에 슬 며시 녹여 내는 것만으로도 버거운 삶의 무게를 줄일 수 있 다. 그 일로 밥벌이를 할 만큼 큰돈을 벌지 못하고 실력을 인 정해 주는 사람들이 적을지라도. 어쩌면 행복의 무게는 돈이 나 명예, 성공에 따르는 무게보다 훨씬 가뿐한 건지도 모르겠다. 순수한 열정을 지키며 사는 사람들이 지쳐 보이지 않고, 어깨가 한결 가벼워 보이는 걸 보면.

물론 살다 보면 또 가끔, 무언가 되어야만 한다는 마음이 순수한 열정을 추월할 때도 있다. 그럴 땐, 내가 진짜 원하는 게 무엇인지 다시 생각한다. 친구의 말을 빌리자면 내가 되고 싶은 게 유명한 사진작가인가 아니면 일상을 여행하듯 즐기는 사진작가인가. 또 큰돈 버는 사진작가가 되고 싶은가 아니면 사진 찍어 용돈벌이 하는 할머니가 되고 싶은가를 생각하는 것이다.

밥벌이가 불가능하다고 해서 좋아하는 일을 아예 시도조차 할 필요가 없는 건 아니다. 자꾸 해 보고 자기 능력을 사람들에게 내보이면 직업이 되진 못할지라도 인생의 활력소가 될 수는 있다. 우리에겐 삶이 너무 무거워지지 않게 때로 물 위에 뜬 기분으로 가뿐하게 즐길 무언가가 필요하다.

'예쁜 쓰레기'를
만드는 일

~~~~~~~~~~

"와, 이것 좀 봐. 정말 예쁘다."

"이것도 한번 봐. 어때? 귀엽지."

"저기, 저것도 예뻐. 누구 아이디어인지 몰라도 진짜 대단하네."

"진짜 재밌다. 매장 한 번 쭉 둘러봤는데 벌써 한 시간이나 지났어."

우리는 잡화점 구석구석을 둘러보는 내내 감탄사를 연발했다. 돈을 쓸 땐 유독 냉철해지는, 합리적 소비의 대명사인 친구가 선뜻 지갑을 열 기세였다. 오히려 내가 친구를 가로막으며 물었다.

"그거 사서 뭐 하게?"

"예쁘잖아."

"맞아, 예쁘긴 한데. 솔직히 실용적이진 않잖아. 몇 번이나 쓰겠어. 자주 손이 안 갈걸."

"알아. 하지만 실용적이지 않다고 해서 곁에 둘 가치가 없는 건 아니잖아. 너 '예쁜 쓰레기' 몰라? 그냥 바라만 봐도 난 행복할 거야."

예쁜 쓰레기. 서로 어울리지 않는 두 단어의 조합이 그녀의 입에서 나오니 찰떡같이 잘 어울리는 단어처럼 들렸다. 결국 친구는 흔쾌히 지갑을 열어 아기자기한 조명 하나를 고이 집으로 모셔 갔다. 뒤늦게 검색해 보니, 아니나 다를까 그 조명은 SNS에서 유명세를 타고 있었다. 게시글에서는 하나같이 예쁜 쓰레기를 샀다는 자조 섞인 웃음과 심리적 만족감이 동시에 느껴졌다. 사람들은 그 조명으로 감동하고 즐거워하고 위로받고 있었다. 그러고 보면, 마음에 생긴 균열을 메우고 싶을 때 나도 모르게 손이 가는 건 쓸모 있는 것보다는 쓸모없는 것에 더 가까웠던 것 같다.

회사를 그만둔 후로 이것저것 손대며 부지런히 움직이고 있지만, 아직까지 벌이가 시원찮다 보니 사고 싶은 것 앞에서 주저하는 일도 부쩍 잦아졌다. 잡화점에서도 사고 싶은 건 차고 넘쳤지만, 마음속 양팔 저울이 힌 쪽에는 가격, 다른 쪽엔 쓰임새를 올려놓고 분주히 저울질하고 있었다. 예쁨, 귀여움, 행복, 즐거움 같은 것의 무게는 고작 1밀리그램쯤 되려나. 마음 같아선 이미 계산을 끝마치고 집에서 넣 놓고 바라보고 있을 텐데, 실제로 머릿속 저울 위에서 내 판단을 기다리고 있는 건 오로지 가격 대비 실용성 하나뿐이었다.

따지고 보니 벌이가 적기 때문만도 아니다. 쓸 만한 인간으로 인정받기 위해 쓸모 있는 일들로만 삶을 꽉꽉 채우려 하는 내가 문제다. 전시를 보면 무엇을 배우고 느낄 수 있을지 미리 재단하고, 영어 공부에 도움이 되겠거니 기대하며 해외 드라마를 보고, 관리가 소홀해도 한결같은 모습을 유지하는 조화에 손이 간다. 여유 시간조차도 해야 할 일을 해야 한다는 책임감 때문에 하고 싶은 일은 슬며시 미루곤 한다. 그런데 쓸모 있는 일에만 집중하다 보면 마음은 구겨질 대로 구겨진다. 쭈글쭈글 구겨진 마음을 다시 펴지도, 버리지도 못한 채 하염없이 주름만 늘려 가다 보면 누군가에겐 쓸 만해 보일지 몰라도, 구겨져서 너덜너덜한 인간이 되어 버린다.

얼마 전 밤늦게 택시를 탔는데 차 안에 꽃향기가 가득했다. 기사님께 꽃 선물을 받으셨냐고 물으니, 곧 집에 들어갈 건데 아내 분께 드릴 꽃을 샀다고 하셨다. 원래 특별한 기념일이 아닌 날에도 꽃 선물을 자주 하신다는 거다. 거기다 대고 난 또 "아내 분께선 시들어 버릴 꽃 말고 현금으로 달라고는 안 하세요?" 하고 물었다. "사람의 감정이란 게 실용적인 것에만 좌우되는 게 아니에요. 꽃은 얼마 지나지 않아 시들겠지만, 그때까지 우리 집사람은 돈으로는 살 수 없는 기쁨을 안고 살 거예요." 택시에서 나눈 대화 덕분에, 지금까지 쓸 만한 인간이 되고자 했던 노력에도 불구하고 나 자신을 만족시킬 수 없었던 이유를 어쩌면 알 것만 같았다.

마음을 다림질하는 일은 대부분 쓸모없는 취급을 받기 마련이다. 밥보다 더 비싼 커피를 마시고, 음식과 분위기에 어울릴 만한 예쁜 그릇을 사고, 별일 없는 날이지만 집에 들어가다 스스로에게 꽃다발을 선물하고, 마음에 드는 피규어를 수집하고, 사람들 앞에서 연주할 건 아니지만 집에서 혼자 우쿨렐레를 연습하는 일. 해도 그만 안 해도 그만인, 돈이 되는 것도, 경력이 되는 것도, 배움이 되는 것도 아닌 일들. 하지만 이런 작고 사소한, 하고 싶어서 한 일들이 삶에 감동을 불어넣어 줄 때가 있다. 이런 일들을 '예쁜 쓰레기를 만드는 일'이라고 부르면 어떨까. 요즘 사람들이 예쁜 쓰레기에 흔쾌히 지갑을 여는 건 구겨진 마음을 다림질하기 위해선지도 모르겠다. 쓸모 있는 일만 하느라 잔뜩 구겨신 마음을, 쓸모없는 것으로 주름 없이 쫙 다리는 것이다.

예쁜 쓰레기에 선뜻 지갑을 여는 것처럼, 불필요하지만 자신에게 가치 있는 일에 기꺼이 시간과 관심을 쏟는 이들이 많아졌으면 좋겠다. 물건이든 사람이 하는 일이든, 필요에 의한 것으로만 가득 찬 세상은 실용적이긴 하더라도 숨 쉬기 너무 답답하니까.

농담하듯

살 수 있을까?

~~~~~~~~~

몸만 옷을 입는 게 아니라는 생각을 한다. 말도 옷을 입는다. 대화를 나누다 보면 몸에 편안한 옷을 걸쳤어도 불편한 옷을 입은 듯 답답해 보이는 사람이 있고, 반대로 한껏 차려입었는데도 목이 늘어난 헐렁한 티셔츠를 입은 것처럼 편하게 느껴지는 사람도 있다. 나는 특히 주고받는 말에 농담이라는 겉옷을 살포시 입혀 관계의 온도를 1도쯤 높여 주는 사람을 좋아한다. 이런 사람과 대화를 나눌 때면, 무슨 옷을 입었든 상관없이 같이 뜨끈한 방바닥에 배 깔고 누워 깔깔거리며 시간을 보내고 있는 것 같은 기분이 든다.

적당한 타이밍에, 진심과 위트가 적절히 담겨 있는, 그래서 상대가 경계심을 허물고 서서히 마음을 터놓을 수 있도록 분위기를 말랑말랑하게 만들어 주는 농담이 좋다. 어쩌면 농담에도 격이 있는지 모르겠다. 품격 있는 농담은 상대의 악의적인 공격이나 놀림, 꼰대 같은 말에 정곡을 콕 찌르면서도 웃음을 자아내며, 상대의 말문을 막아 버린다. 잔뜩 열을 내며 서로 얼굴을 붉히는 대신 미소 띤 차분한 얼굴로 부드럽게 핵심을 짚으며 상대가 자기 언행을 돌아보게끔 할 수 있으니까. 분위기 파악 못 하고 실없이 던지는 농담이나 상대를 약 올리려는 의도를 숨긴 비아냥거림과는 다르다.

안타깝게도 나는 매사에 너무 진지한 바람에 농담으로 분위기를 주도하는 유쾌한 인간이 못 된다. 나야말로 깃털같이 가볍고 편한 옷을 입고 있어도 입만 열면 격식 차린 옷을 입은 것처럼 보이는 사람이다. 어쩌다 한번 농담을 해 놓고도 뒤돌아서면 혹시 상대가 내 말 때문에 불쾌하진 않았을까 걱정할 정도로 소심하다. 가끔은 상대의 농담을 다큐로 받아서 이제 막 뜨끈한 온기가 올라오려던 분위기에 일순간 냉기를 퍼붓기까지 한다. 농담 한번 쿨하게 주고받지 못할 정도로 긴장감에 푹 절여진 배추 같은 삶을 살아와서 그런가.

농담을 잘하고 싶다고 생각하는 건, 실은 농담하듯 유쾌하게 살고 싶다는 의미기도 하다. 진지함을 덜어내고 가볍게 사는 사람을 동경한다. 그들이 삶을 대하는 태도가 진지하지 않다는 게 아니다. 삶의 크고 작은 문제를 마음먹기에 따라 때론 가뿐하게 둘러멜 수 있는 그 마음가짐을 배우고 싶다는 거다. 한겨울 추위를 버티기 위해 무겁고 두꺼운 패딩을 입기도 하지만, 가벼우면서 보온성까지 뛰어난 초경량 패딩을 입는 날도 있는 것처럼. 삶에 짓눌렸던 어깨도 좀 더 가뿐해질 수 있지 않을까.

농담하듯 삶을 즐기며 사는 것만 같은 예술가를 알게됐다. '벤트 아트' 작가 테리 보더 Terry Border. 그는 빵, 땅콩, 감자칩, 휴지심, 손톱깎이 등 일상에서 쉽게 접할 수 있는 재료에 구부린 철사로 팔과 다리를 붙여 생명력을 불어넣는다. 땅콩버터를 바른 빵이 딸기잼을 바른 빵에게 꽃을 건네며 프러포즈하는가 하면, 쭈글쭈글한 대추가 얼굴 주름을 펴기 위해 마스크 팩을 하기도 하고, 달걀이 편지를 들고 엄마를 찾아갔는데 이미 구운 통닭이 되어 있어 망연자실하기도 한다. 국내 전시에서 만난 그의 작품에는, 자신의 경험과 상상력이 농담하듯 담겨 있었다. 구구절절한 설명은 필요 없었다. 작품과 짤막한 작품명만으로 누구나 공감할 수 있었고, 또 다른 생각할 거리를 던져 줬다. 관람객들의 모습도 작가와 농담을 주고받는 듯 보였다.

"일상의 사물들을 주의 깊게 여러 각도에서 관찰하고 사물에 의미를 부여하는 작업에 몰두하는 이유가 있습니다. 사물은 우리가 누구이고 무엇을 원하는지를 이해하는 데 도움을 줍니다. 또한 그 과정에서 삶의 지혜와 통찰력, 인생의 교훈을 얻을 수 있습니다." 테리 보더는 인터뷰에서 일상의 사물들을 다양한 각도에서 대략 열 번 정도 관찰한다고 했다. 이게 그가 삶을 농담하듯 살 수 있는 비결인 걸까?

사람들은 보통 익숙한 것에 오래 눈길을 두지 않는다. 그런데 정말 이미 다 알고 있다고 믿었던 것, 더는 알 필요 없다고 믿었던 것들에 대해 다 알고 있긴 한 걸까? 더 중요한 것이 있다는 핑계로 정작 삶을 구성하는 일상적인 것들에 소홀하진 않았을까? 불필요한 것을 쓸데없다 치부한 탓에 오히려 작은 것에 웃을 여유조차 잃어버린 건 아닐까? 내가 그토록 농담을 어려워했던 이유가 바로 이 질문들 속에 있었다.

농담하듯 사는 삶은 결국 자질구레한 것들을 두 팔 벌려 껴안는 것에서 비롯된다. 물론 이런 결론에 이르렀다고 해서 하루아침에 주변의 온갖 사물이 사랑스럽게 보일 리 없다. 하지만 다행인 건 글을 쓰면서부터 끊임없이 무언가를 발견하는 삶을 살게 됐다는 것이다. 덕분에 시시하고 대수롭지 않다고 여기던 것들이 점점 줄어들고 있다. 그래서 습관적으로 몸을 짓누르던 긴장감을 홀홀 털어 내고 어깨에서 힘을 슬며시 빼 본다. 가끔 이제 나도 누군가에게 가벼운 농담을 던질 수 있지 않을까 하는 자신감도 살짝 올라온다. 덕분에 늘 딱딱하게 굳어 있던 어깨도 조금이나마 가뿐해지고, 신이 나서 들썩이고, 당당하게 펴지는 날이 많아지고 있다. 그러다 보면 서서히 말의 옷발도 달라지겠지. 무거운 옷으로 꽁꽁 싸맸던 말과 글을 산뜻한 옷으로 갈아입히고, 사람들과 편안하게 이야기할 수 있는 사람이 되고 싶다.

싫어하는 것을
하지 않을 자유

〜〜〜〜〜〜

영화 「카모메 식당」은 사치에라는 일본인 여성이 핀란드 헬싱키의 한 골목에 작은 일식당을 열면서 시작되는 이야기다. 커피와 빵도 팔지만, 이 식당의 주메뉴는 일본식 주먹밥. 굳이 연고도 없는 먼 나라까지 와서 파는 음식이 기껏 주먹밥이라니. 지나치게 소소하다.

그래서일까. 카모메 식당은 문을 연 지 한 달이 지나도록 손님 한 명 받지 못한다. 그럼에도 주인장에게선 초조하거나 불안한 기색은 찾아 볼 수가 없다. 그녀는 손님 없는 식당에 나가 그릇을 반짝반짝 윤이 나게 닦고, 수영과 합기도를 하며 하루 일과를 보낸다. 텅 빈 가게 안을 창문 너머로 흘끔거리며 비웃고 지나가는 할머니들에게는 부드러운 미소로 화답하고, 어렵사리 마주한 첫 손님에겐 손님 1호라는 이유로 영원히 공짜 커피를 주겠다고 약속한다.

영화를 이쯤 보고 나니 내 속이 부글부글거렸다. 아니, 도대체 이 사람 장사를 하겠다는 거야 말겠다는 거야. 뭐가 됐든 노력을 해야 할 거 아냐. 적극적으로 현지인들이 좋아할 만한 메뉴 개발도 하고, 맛있으니 먹으러 오라고 가게 홍보도 하고. 해야 할 일이 이렇게나 많은데 저렇게 태평할 수가 있나? 저 가게 월세는 얼마일까? 저렇게 파리만 날리는데 곧 망하지 않을까? 먹고살 돈이 충분해서 다른 나라까지 와서 취미로 가게를 연 건가? 이유가 무엇이든, 아마 나라면 손님이 오지 않는 가게에서 그녀처럼 한가로이 시간을 보내지 못할 것 같았다.

나중에 식당 일을 돕게 된 미도리 역시 나와 마찬가지로 생각했는지, 여행객들이 찾아올 수 있도록 가이드북에 가게를 소개하자고 제안하지만 사치에는 말한다. "가이드북을 뒤져서 찾아오는 일본인이나, 일식 하면 일본 술과 초밥밖에 모르는 외국인은 우리 가게 분위기와 어울리지 않아요. 여긴 레스토랑이 아니라 동네 식당이에요. 근처를 지나다가 가볍게 들리는 곳이죠." 물러 터진 줄로만 알았던 그녀의 식당 운영 철학은 단호하고 분명했다. 다음의 대사를 들으니 더 확실해졌다.

"원하는 일을 하니 참 좋겠군요."
"아뇨, 싫어하는 일을 하지 않는 것뿐이에요."

원하는 일을 하는 것과 싫어하는 일을 하지 않는 것. 얼핏 같은 말처럼 들리기도 하지만, 둘은 분명 다르다. 나만 해도 용기 내어 원하는 일을 하며 살지만, 싫어하는 일도 억지로 끌어안고 살아왔다. 돈이라는 현실적인 문제며 내게 맡겨진 역할이나 챙겨야 할 사람들, 사회적 체면도 있으니까. 나이가 들어 갈수록 책임과 의무는 어깨 위에서 점점 무게를 더한다. 그래서 원하는 일을 하기도 쉽지 않지만 싫어하는 일을 하지 않는 건 더 어려워질 수밖에 없다. 싫어하는 일을 멈추는 건 타인의 시선과 타인을 향한 배려에서 자유로워지고, 온전히 나에게 집중해야 가능하기 때문이다.

돌연 떠오르는 기억이 있다. 제주도 여행 중 머물었던 게스트하우스의 젊은 호스트와 나눴던 이야기. "어떻게 서울

생활을 접고 제주도에 내려와 살 생각을 하셨어요?"라는 나의 물음에 그는 이렇게 답했다. "아직 뭘 하고 싶은지는 모르겠지만, 우선 하기 싫은 일부터 하지 않기로 했어요. 저를 짓누르는 짐들을 다 버리고 일단 저부터 행복해지기로 다짐했거든요." 그는 제주도로 내려오기 전 이리저리 치이고 상처받았지만 참고 견디기만 하다가 몸과 마음이 무너진 상태였다고 했다. 목표니 미래니 하는 것들은 생각하기도 싫고 솔직히 자포자기하는 심정으로 내려왔다고. 그런데 신기하게도 하기 싫은 일을 멈추고 그냥 충실히 하루를 살다 보니 그제서야 앞으로 뭘 하고 싶은지 보이기 시작했다고 말했다.

나 같은 노력중독자들은 눈앞에 좋아하는 것이든 싫어하는 것이든 상관없이 노력할 대상이 없으면 지루해 견디질 못한다. 아니 어쩌면 지루한 게 아니라 불안한 건지도 모른다. 노력을 멈추면 늘 제자리걸음일 것 같아 뭐든 열심히 한다. 그런데 체력이 바닥났을 때쯤 얼마나 멀리 왔나 뒤돌아보면 제자리 뛰기였다는 걸 알아채는 때가 적지 않다. 내가 나로 서려면 무엇에 힘을 쏟아야 하는지 모른 채, 여기저기 힘을 낭비하기만 했다. 제주도 게스트하우스에서 만난 호스트 역시 그랬고, "일단 멈춤!"을 외쳤다.

물론 단번에 멈추기는 어렵다. 그렇다면 싫어하는 걸 억지로 좋아하는 척하는 것만이라도 그만둬 보면 어떨까. 한때 나는 분명한 취향을 갖고 싶었다. 좋아하는 음악, 인테리어, 취미, 패션 스타일 뭐 하나 딱 부러지게 설명할 수 없는 불분명함이 싫었다. 그래서 내가 좋아하는 것을 찾기 위해 많은 것을 해 보았지만, 단호하게 "바로 이거야" 하고 무릎을 탁칠 만한 경험은 하지 못했다. "이것도 아니야." "저것도 아니고." "이 정도면 좋지 않을까?" 내가 좋아하는 걸 찾기가 이렇게 어려울 줄 몰랐다. 그러다 '마음에 드는 것'을 찾는 일을 그만뒀다. '싫은 것'을 하나씩 제외해 나가니 '좋은 것'이 점점 분명해지기 시작했다. '좋아하는 것'을 고를 땐 모호하더니 '싫어하는 것'은 몸과 마음이 적극적으로 불편하다는 신호를 보내왔다.

원하는 삶에 가까워지는 확실한 방법은 싫어하는 일을 제거하는 것이다. 싫은 것은 무조건 참고 견뎌야 하는 게 아니라, 용기 내 서서히 멀리 해야 할 대상이다. 하기 싫은 일에 낭비하는 에너지를 아껴 나에게 집중해 충실히 하루하루를 살자. 「카모메 식당」의 사치에처럼 불안에 흔들리지 않고 소신껏 삶을 끌어가는 단단한 사람으로 살자.

그래,

그럴 수도 있지

~~~~~~~~~~

　　버티고 버티다 끝내 무너지는 순간이 있다. "난 잘 살고 있는 건가?" "도대체 왜 이러고 사는 걸까?" "앞으로 어떻게 살아야 하지?" 무너진 마음으로 기어코 비수 같은 질문들이 날아든다. 이런 질문들은 대개 모든 걸 내려놓고 싶을 때 하는 푸념에 가깝다. '기대했던 나'와 '현재의 나' 사이 간극이 도통 메워지지 않을 때, '이것밖에 안 되는 나'의 손을 힘없이 붙잡고 엉엉 울고 있는 상태.

　　이럴 때면, 어디서부터 잘못된 건가 싶어 자꾸 과거의 어떤 한 장면을 떠올리며 걸고넘어지고 싶어진다. 그때 그 선택만 아니었다면 전혀 다른 결과가 펼쳐지지 않았을까 생각하며, 과거의 나를 떠올려 "대체 왜 그랬어?" 하고 따져 보지만 이내 알게 된다. 그때의 나도 지금의 나처럼 최선을 다하고 있었다는 걸.

지금 상황이 참을 수 없이 답답하고 미래가 막막할 때, 한 번씩 점을 보곤 했다. 굳이 변명하자면 평소에 점을 보러 간다는 건 아니고, 친구와 신세 한탄을 잔뜩 늘어놓다가 충동적으로 발길이 향하는 그런 날에 말이다. 마지막으로 간 게 6개월 전쯤인 것 같다. 그때 나는 "다시 직장 생활을 해 볼까?" 고민 중이었고, 친구는 "회사를 그만두고 싶은데, 그럼 뭐 해 먹고 살지?" 고민하고 있었다.

"내게 더 이상 이직은 없다! 자유로운 프리랜서가 되겠어!" 굳은 결심을 하고 회사를 뛰쳐나왔지만, 다시 월급쟁이의 삶으로 돌아가야 하나 고민하고 있었다. 이상과 현실의 경계에서 이리 치이고 저리 치이다 보니 월급으로 얻는 안정감과 회사에 마련된 내 자리가 주던 소속감이 그리웠다. 이제 와 자신만만하게 사직서를 던지던 그 순간을 떠올리며 잘잘못을 따지려 드는 내가 싫었다.

반면 친구는 지금 하는 일이 본인과 맞지 않는다고 기필코 회사를 그만두고야 말겠다고 했다. 마음속으로 정해 둔 기한은 가까워져 오는데 뭘 하고 싶고 뭘 준비해야 할지 몰라 고민하고 있었다. 그러고 보니 한 사람은 회사를 나올까 고민하고 한 사람은 회사를 다닐까 고민하는 중이었다. 서로가 바라는 자리에 뒤바뀌어 서 있다는 걸 알지만, 우리는 "지금 네가 얼마나 행복한 줄 알아야 해" 같은 어설픈 충고나 "넌 할 수 있어" 같은 영혼 없는 위로 따위를 건네지 않았다. 우린 서로의 마음을 헤아릴 줄 아는 친구니까. 대신 팔짱 끼고 사주를 보러 갔다. 역술인의 말에 한 가닥 희망을 걸어 보기로 했다.

"일이 만족스럽지 않고 지루하게만 느껴질 거야. 그래도 곧 연애 운이 들어와. 회사를 꼭 그만둬야겠어? 안정적으로 회사에 다니면서 남자를 만나는 게 낫지. 일은 마음에 안 들긴 하겠지만 좀 참아 봐."

친구의 삐쭉 나온 입을 보고, 난 그녀의 마음을 읽었다. '연애 한번 하자고 하기 싫은 일을 참고 살아야 한다고? 난 그렇게 살기 싫은데.'

"글을 쓰고 있다고? 본인에게 잘 맞는 일이네. 그런 재주를 썩히고 직장에 다니긴 아무래도 아깝지. 다만 돈벌이가 아쉬울 순 있어. 내가 요즘 웹소설을 보고 있는데 재미있고 인기도 많던데. 그런 게 돈이 되지. 로맨스 장르의 웹소설을 써 보는 건 어때?"

나도 모르게 미간에 주름이 잡혔다. '쓰면 제가 쓰고 싶은 걸 써야지. 전 돈 때문에 제가 하고 싶은 걸 내려놓고 싶지 않은데요.'

비싼 돈까지 내놓고 기껏 명절에 어른들 잔소리를 꾸역꾸역 듣고 있는 것 같은 시간이었다. 우리는 앞에선 고개를 잘도 끄덕여 놓고 살포시 닫고 나온 문을 노려보며 아까운 돈만 날렸다고 분노했다. 강남에 점집이 이렇게 많은데, 많고 많은 곳 중에 왜 우린 하필이면 이 집에 그 아주머니에게로 간 걸까. 다른 집으로 갈걸. 한참을 그렇게 씩씩거리며 열을 올리다가, 좀 진정이 되자 입에서 한마디가 툭 튀어나왔다. "에이, 그래. 그럴 수도 있지."

그래! 뭐 그럴 수도 있다. 하고많은 역술인 중에 사주 풀이보다 "내가 겪어 봐서 아는데"라는 말을 더 많이 하는 분을 만난 것도 그럴 수 있는 거고, 그 자리에서는 마음에 안 든다고 말도 못 해 놓고 뒤에서만 구시렁대는 것도 뭐 그럴 수 있는 거고, 잘 살다가 한 번씩 이렇게 우울감이 바닥을 치는 것도 그럴 수 있는 거고, 예전에 했던 선택에 이제 와서 후회를 하는 것도 살다 보면 그럴 수 있는 거다. 쉽사리 답을 내리지 못하는 고민을 껴안고 오랜 시간 끙끙대는 것도 그럴 수 있는 거고, 기대했던 일이 생각만큼 잘 풀리지 않아 실망스러운 마음이 드는 것도 다, 속은 상하지만 그럴 수 있는 거다. 결국 그날 우리의 대화는 "그래, 그럴 수도 있어"로 마무리됐다.

생각해 보니 '그럴 수도 있지'라는 말은 내가 여행 갔을 때 자주 하는 말이다. 예약한 숙소에 가 보니 인터넷으로 본 사진과 영 딴판일 때, 시간 가는 줄 모르고 즐겁게 돌아다니다 타려고 했던 버스를 놓쳐 버렸을 때. 바닷가에서 발만 살짝 담그려고 했는데 넘어지는 바람에 옷이 다 젖었을 때, 미리 사 둔 전시회 티켓을 잃어버린 걸 입장 직전에 알았을 때, 핸드폰으로 지도를 보며 길을 찾고 있는데 배터리가 나가서 길을 잃고 헤매야 할 때. 물론 당장은 짜증이 나고 어찌해야 할지 난감하지만 어쩌겠는가. 이내 상황을 받아들인다. '뭐, 그럴 수도 있지' 하고. '대체 왜 이런 일이 생겼을까?' 굳이 하나하나 이유를 찾으며 자책해 봤자 좋을 게 없다. 그저 받아들이고 다음 일정을 준비할 뿐이다. 어떻게든 여행은 계속돼야 하니까.

"뭐? 연애 한번 하자고 평생 좀비처럼 하기 싫은 일을 참고 하라고? 흥! 내가 보란 듯이 준비해서 지금보다 훨씬 만족감이 큰 일을 찾고야 말겠어."

"웬 로맨스 소설? 쓸 자신도 없지만, 돈 때문에 쓰고 싶은 마음은 더더욱 없어. 딴 생각 말고 일단 지금 내가 하고 있는 일들에 최선을 다할 거야."

결정은 언제나 자기 몫이다. 어떻게 해도 풀리지 않을 것 같은 고민에 대한 답은 분명 자기 안에 있다. 우리가 역술인의 말에 발끈해서 그토록 마음속을 헤집어도 보이지 않던 진심을 툭 내뱉은 것처럼. 분명 내 마음도 내가 얼른 마음속 답을 꺼내 주길 바라고 있었을 거다. 하지만 내가 얼른 답을 내놓으라고 다그치는 통에 주눅이 들어 진심을 더 깊이 감춰 놓았던 건 아닐까. 답답하고 속상하다고 아무리 나를 괴롭혀 봤자 풀 죽은 마음이 순순히 원하는 답을 내놓을 리 없다. 차라리 잘 달래 주는 게 낫지.

'그럴 수밖에 없었던 나'에 대한 비난을 멈춰 보자. 의기소침해진 나를 '그럴 수도 있어' 하고 다독이면서. 일도, 관계도, 여행을 할 때처럼 '그럴 수 있지' 정신으로 무장하면 마음이 한결 편해진다. 어떻게든 삶은 계속되니까. 넘어져 있지만 말고 지금의 나를 받아들이고 다음 스텝을 밟아야 한다.

그때 왜 그랬냐고 추궁하고 자책해 봤자 지금의 문제가 해결되지 않는다. 지금의 상황을 풀어 가는 건 그때의 내가 아니라 지금의 나니까.

친구와 다음에 만날 땐 우리의 상황이 좀 더 나아져 있을 거라고 응원하며 헤어졌다. 사실 한두 달 지난다고 지금의 고민에 마침표를 찍거나 상황이 드라마틱하게 달라져 있지 않을 거란 걸 잘 안다. 하지만 그날의 대화 이후 달라진 건, 잠을 푹 잘 수 있게 됐다는 것. 그동안은 자려고 누우면 지난 시간을 곱씹으며 "대체 왜 그랬을까" 하며 나를 다그치는 통에 잠을 설쳤다면, 그날 이후로는 "괜찮아, 그럴 수도 있어" 하며 좀 모자라고 부족한 나를 이해하고 다독여 준다. 그러다 보면 스르륵, 나도 모르게 잠이 든다. 내일도 오늘과 같은 별다를 것 없는 하루일 걸 알지만 마음 편히 잠자리에 누워 다음 스텝을 밟을 준비를 한다.

반드시
찾아올 행복

~~~~~~~~~

아보카도를 반으로 가르는 순간엔 늘 작은 떨림을 느낀다. 아보카도의 몸통을 빙 둘러 칼집을 내고 양쪽 면을 각각 손으로 잡고 비틀었을 때, 마주한 과육이 짙은 노란빛을 띤 고운 연두색일 때면 짜릿한 쾌감을 맛본다. "알맞은 때가 될 때까지 잘 기다렸구나." 너무 성급하지도 않았고 너무 느긋하지도 않은, 딱 완벽한 순간에 아보카도의 배를 갈랐다는 사실을 확인했을 때의 기분, 참 좋다. 직접 아보카도를 사다 먹어본 사람은 이런 내 마음에 공감할 수 있을 거다.

아보카도는 후숙 과일이라 덜 익은 상태로 시중에 판매

된다. 그래서 아보카도를 사 와도 곧바로 먹을 수가 없고, 실온에 두고 서서히 맛있게 익을 때까지 기다려야 한다. 이때 중요한 것이 바로 적절한 순간을 맞추는 것. 다 익기도 전에 섣불리 아보카도에 칼을 대면 비리고 풋내 나는 속살을 만나게 된다. 또 너무 익은 상태에서는 속이 거뭇거뭇하고 씁쓸한 맛까지 난다. 게다가 아보카도는 쉽게 무르기 때문에 잘 익은 상태가 그리 오래 지속되지도 않는다. 참 까다롭다. 그래서 아보카도를 사 놓고도 때를 맞추지 못하면, 아깝지만 입도 못 대고 버릴 수밖에 없다.

그래서 나는 아보카도를 사면 늘 조마조마한 마음으로 때가 오길 기다린다. 밝은 초록색이었던 아보카도의 겉면이 검은 녹색으로 변하는 모습을 지켜보며 그 안에서 서서히 익어 갈 과육을 상상한다. 그러다 "지금이야!" 결심하고 아보카도를 반으로 갈랐을 때, 속이 잘 익은 아보카도가 나타나면 나 자신이 기특하기까지 하다. 맛있게 익은 아보카도를 눈으로 확인하는 건, 딱 그때만 누릴 수 있는 행복을 위한 필연적인 기다림을 잘 버텨 냈다는 것이기도 하니까.

기다림은 누구에게나 힘들다. 하루라도 빨리 왔으면 하고 간절히 바랄수록 기다림은 오히려 더 길게 느껴진다. 어릴 적 생일 선물을 기다리던 마음은 또 어떤가. 생일 선물을 얼른 받고 싶은 마음에 생일을 일주일 정도 앞두곤 하루가 1년처럼 느껴진 기억, 다들 있을 거다. 언젠가 어렸을 때, 부모님 손을 잡고 마트에 갔다가 장난감 하나를 사 달라고 조른 적이 있다. 다른 장난감이 집에 많은데 뭘 또 사냐고 완강하게 손을 잡아채는 부모님에게 내가 꺼낸 카드는 생일 선물이었다. 마침 생일을 일주일 정도 앞둔 상황이라 지금 생일 선물을 사 달라고 한 것이다. 생일 당일엔 선물을 받지 않아도 좋으니 지금 저 장난감을 사 달라고.

아무리 어르고 달래도 진정이 되지 않는 딸을 못 이기고 부모님은 결국 미리 생일 선물을 사 주셨다. 대신 신신당부했다. 일주일 후에 올 생일날에는 약속대로 선물은 없을 거라고. 난 장난감을 품에 꼭 안고 대충 고개를 끄덕였다. 너무 좋아서 아무 말도 들리지 않았다. 어차피 받을 선물이었다. 며칠 당겨 받는다고 해서 기쁨이 더하지도 덜하지도 않을 거라 생각했다. 생일 선물은 이미 내 손 안에 들어왔고, 덕분에 자동적으로 일주일이란 힘든 기다림의 시간도 사라졌으니 더는 바랄 게 없었다.

그로부터 일주일 뒤, 생일날. 아, 그때 느낀 기분이 딱 이랬다. 지금 생각해 보면 아보카도의 배를 갈랐는데 너무 푹 익어 버린 속살을 보았을 때의 기분. 1년에 딱 하루뿐인 생일인데 하나도 기쁘지 않았다. "우리 딸, 생일 축하해" 하고 부모님이 꼭 안아 줬지만 선물은 없고 축하한다는 말뿐인 생일은 뭔가 허전했다. 그토록 갖고 싶어 부모님을 졸라 미리 받은 선물을 보고 있어도 만족스럽지 않았다. 기다림을 버티지 못한 대가였다. 기다림의 시간이 아무리 힘들어도 때가 올 때까지 기다려야 했는데. 기다림의 시간이 줄어든 만큼 딱 그때만 느낄 수 있는 기쁨의 크기도 줄어들고 말았다.

어른이 되었으니 이젠 기다리는 일이 보다 수월해졌을까. 자신 있게 고개를 끄덕일 수가 없다. 오히려 더 힘들다. 인터넷과 스마트폰이 생기면서 필요한 걸 바로바로 얻을 수 있고, 기다림이 필요 없는 시대에 살고 있기에 즉각적인 피드백이 없으면 참기가 힘들다. 인터넷이 조금만 느려도 답답해서 속이 부글부글 끓을 정도니 말 다했지. 누군가에게 문자를 보내고 답장을 기다리는 일, 교통 정보가 잘 뜨지 않는 소도시에 여행을 가서 언제 올지 모르는 버스를 기다리는 일, 좋아하는 가수의 신곡을 기다리는 일, 상황이 지금보다 나아지길 기다리는 일. 모든 기다림은 조마조마하거나 지루하거나 불안하다. 한 가지 분명한 건 기다림에 익숙하지 않은 사람은 기다리는 일이 더 힘들 수밖에 없다는 것. 기다림 끝에 오는 쾌감을 자주 느껴 본 사람만이 그 시간을 의연하게 인내할 수 있다.

메리골드 꽃의 꽃말은 '반드시 찾아올 행복'이라고 한다. '반드시 온다'는 말에서 간절함, 그리고 기대해 봐도 좋다는 희망이 느껴진다. 기다린다는 것은 때가 되면 반드시 기다리던 것이 온다는 말과 같다. 물론 기다림의 결과가 늘 좋은 것만은 아니고 기대에 못 미쳐 실망하게 될 수도 있다. 하지만 기다림의 시간 자체가 희망이다. 알맞은 시기가 반드시 온다는 믿음을 가지고 기대를 품고 기다리는 것이다.

만약 메리골드의 꽃말이 '어차피 찾아올 행복'이었다면 어땠을까. 생일 선물을 미리 당겨 받는 것처럼 "어차피 올 거 기왕이면 더 빨리 왔으면 좋겠다"하며 안달복달할 수도 있고, "어차피 올 텐데 신경 쓸 게 뭐 있어"하며 기다리던 그때가 와도 별 감흥이 없을 수도 있다. 이런 경우엔 아마 기다림의 시간이 희망보다 괴로움에 가까울지도 모르겠다.

예전에 어떤 방송 프로그램에서 한 아이가 애벌레 몇 마리를 집에 데려와 정성껏 키우는 걸 봤다. 애벌레가 번데기가 되자, 아이는 나비가 번데기를 벗고 나오는 걸 직접 눈으로 보고 싶어서 밥을 먹을 때도 장난감을 가지고 놀 때도 곁을 지키며 기다리고 있었다. 설렘과 기대로 가득 차 있던 그 눈을 지금도 잊을 수가 없다. 아이의 기다림은 '어차피'가 아니라 '반드시'였다. 그때 그 아이는 나비를 만났을까. 나는 그 아이가 알맞은 시기가 오기까지 필연적으로 겪어야 할 기다림을 잘 견뎌 내는 어른으로 자랐으면 좋겠다. 나 역시 의도적으로라도 '반드시 찾아올 행복'을 자주 만들며 기다림에 익숙해지려 노력한다. 그리고 이 글을 읽고 있는 당신의 기다림도 편안해지길 바라 본다. 지금 당신이 무엇을 기다리고 있든.

계획대로
딱 들어맞지 않는 게 인생

〰〰〰〰〰〰〰

　미국 예일대에서 졸업을 앞둔 학생들을 대상으로 실험을
한 적이 있다. 20년 후의 인생 목표를 적어 제출하게 하고 실
제로 20년 후 그들이 목표한 바를 이루었는지 확인해 본 것
이다. 목표를 적을 당시 명확한 목표가 있다고 적은 학생은
단 3퍼센트. 대부분의 학생은 목표가 없거나 불분명했다.

　과연 결과는 어땠을까? 김빠지게도 결과는 예상한 대로
다. 목표를 구체적으로 적어 낸 단 3퍼센트의 학생들만이 다
른 학생들보다 경제적으로 풍족한 생활을 하고 있었다는 다
소 뻔한 결론. 그만큼 인생을 살아감에 있어 목표가 중요하

다는 걸 강조한 건 알겠는데, 어쩐지 좀 숨이 막힌다. 당장 내년 목표를 세우기도 벅찬데 20년 후 목표라니. 가만 보자. 지금으로부터 20년 후면 50대가 된다는 말인데, 너무 까마득해서 도무지 감이 잡히지 않는다.

경험상 인생은 계획한 대로만 되지 않는다. 말하는 일을 하며 살 줄 알았지 쓰는 일을 하게 될 거라곤 전혀 예상하지 못했다. 목표한 일은 아니지만 만족하며 살고 있다. 애초부터 목표를 가졌다면 난 이 일을 더 잘 해낼 수 있었을까? 그건 아닐 것 같다. 실제로 목표를 가지고 오래 계획한 일이 실현됐을 때 만족스럽지 않았던 적도 많았다. 그렇다고 아무 노력도 하지 않고 될 대로 되라며 손 놓고 있어야 한다는 건 아니지만, 삶은 계획과 무관하게 때론 좋은 쪽으로, 때론 나쁜 쪽으로 제멋대로 흘러가곤 했다.

마지막 퇴사를 결심하고 세웠던 내 계획과 목표는 정말 완벽했다. 다른 회사로의 이직을 택하지 않고, 내 일을 꾸려보겠다고 마음먹었다는 점에서 이전의 퇴사와는 분명 의미가 달랐다. 오랜 시간의 고민 끝에 내린 결론이었고 그만큼 나름 치밀한 목표를 가지고 철저히 준비했다. 그런데 막상 퇴사 후 1년 동안의 삶은 내가 계획한 것과 전혀 다르게 흘러갔다. 계획대로 일이 진행되지 않았고 예상했던 일은 엇나갔다. 목표했던 비를 이루지 못하자 그에 맞게 세워 놓은 인생 계획 전반에도 차질이 생겼다. 어느 때보다 깊이 고민하고 신중하게 행동에 옮겼던 만큼 만족스럽지 않은 결과를 받아들이기가 힘들었다.

그즈음 우연히 어떤 자리에 갔다가 한 심리상담사 분과 내 상황에 대해서 이야기하게 되었다. "인생을 그렇게 계획대로만 살려고 하지 말고, 물 흐르는 대로 살아 봐요." 물 흐르는 대로 살라는 말이 어쩐지 무책임한 것 같다고 생각했지만, 마음이 한결 편안해지는 것을 느꼈다. 흐르는 물길의 방향을 일부러 바꾸려고 안간힘 쓰지 않고 자연스럽게 흘러가는 대로 사는 것. 장애물이 나타나면 유연하게 빗겨 가고, 예상치 못한 길에 들어서면 그 길을 있는 그대로 느끼며 현재에 충실하게 살아가는 것 아닐까. 어차피 치밀하게 계획을 세운다고 해도 계획대로 딱 들어맞게 흘러가지 않는 게 인생이니까.

지금 살고 있는 삶이 만족스럽다는 사람들과 이야기를 해 보면 의외로 "내가 이 일을 할 거라고는 생각도 못했어요"라고 말하는 사람들이 많다. 그럴 때마다 드는 생각은 인생은 계획대로 '만드는' 것일 수도 있지만 우연히 '발견하는'

것이기도 하다는 것. 억지로 만들려고 하지 않아도 내 안에 무언가가 자연스럽게 채워지고 있는 걸 발견하는 때가 있다. 그럴 땐 그냥 가 보는 거다. 물 흐르는 대로.

"생각한 대로 살지 않으면 사는 대로 생각하게 된다"는 문장을 쓴 프랑스의 작가 폴 부르제Paul Bourget를 실제로 만날 수만 있다면, "이봐요. 사는 대로 생각하는 게 뭐 어때서요! 꽤 괜찮을지 몰라요" 하고 따져 묻고 싶다. 물론 꿈에서라도 마주칠 일이 없다는 걸 아니까 이렇게 큰소리치는 거지만. 목표 없이 성공한 사람도 많고 오히려 목표 때문에 불행하다고 느끼는 사람들도 있다고, 삐딱한 소리 한번 해 보고 싶다.

엄마와
딸

~~~~~~

 "엄마 그거 알아? 예전에 엄마가 했던 말 때문에 나 상처 받았어." 어림잡아 20년도 더 됐을 법한 옛날 이야기를 꺼냈다. 그 당시 나는 하라는 공부는 안 하고 빈둥거리며 부모님 속을 꽤나 썩였는데, 그때 엄마가 했던 말이 "너한텐 희망이 없으니 동생에게나 기대를 걸어 봐야겠다"였다. 엄마가 날 포기했다는 말이 지금까지 잊히지 않는 걸 보면 어린 나이에 적잖은 충격을 받았나 보다. 그래도 그렇지. 쪼잔하게 20년 전에 했던 말을 트집 잡다니 속이 참 좁다. 엄마가 말했다. "그땐 네가 어린 줄 몰랐어. 첫째니까. 엄마, 아빠도 처음이었으니까." 그 말이 무슨 뜻인지 충분히 알 만한 나이가 돼서 그런지 짠한 마음이 들었다. 내가 너무했나 싶어 서둘러 이야기를 마무리하려는데, "너는 나한테 상처 안 준 줄 알아?" 하고 곧바로 엄마에게 역공을 당했다.

상처는 덮어야 한다고만 생각했었다. 특히 소중한 사람이 주는 상처는. 나는 괜히 말을 잘못 꺼냈다가 더 혼이 날까 봐, 엄마는 말해 봤자 어차피 자식은 이해하지 못할 거라 생각해서 각자 마음으로 삭이기만 했다. 이제야 서로 겨우 입 밖으로 꺼낼 수 있게 되었는데, 그걸 알면서도 엄마도 나도 왜 여전히 서로에게 짜증 내고 화내며 상처 주는 걸 멈추지 못하는지. 딸일 땐 '나는 나중에 엄마처럼 살지 말아야지' 하면서, 엄마가 되면 '우리 딸은 예전의 나처럼 살지 않아야 할 텐데' 하며 서로에게 모진 소리를 하는 걸까.

확실한 건 난 나중에 엄마 같은 엄마가 될 자신이 없다는 것. 처음 집을 나와 자취를 시작했을 때부터 결혼을 하고 난 지금까지 한 번도 냉장고에 엄마의 반찬이 끊긴 적이 없다. 요즘은 친정에 갈 때 아예 빈 캐리어를 끌고 간다. 그리고 돌아올 때는 엄마가 꾹꾹 눌러 담아 준 반찬으로 가득 채워 나온다. "에휴, 자식이 뭐라고." 반찬 하는 것도 해가 갈수록 힘에 부친다면서도, 엄마는 날 도무지 빈손으로 보내는 법이 없다. 김치도 엄마가 담가 주는 걸 홀랑 가져다 먹다가, 2년 전부터 비로소 김장을 거들기 시작했다. 거든다기보다 옆에서 시중 좀 드는 게 고작이지만. 그래도 그냥 김치만 가져다 먹을 때보다 같이 김치를 담그며 엄마가 고생하는 걸 직접 눈으로 보고 나니 고마움이 더 크게 느껴진다. 지난번, 김장을 하고 SNS에 사진을 올렸는데 어떤 분이 댓글을 달았다. "보기 좋아요. 저도 예전엔 엄마를 도와 김장을 했는데, 엄마가 몸이 안 좋아지신 이후로는 못 하거든요." 문득 많은 생각이 들었다. 당연하던 것이 당연해지지 않을 수도 있다는 생각을 해 본 적이 없었기 때문이다.

최근 엄마와 이야기를 나누다 알았다. 자식에게 줄 수 있는 게 남았다는 것이 엄마의 행복이라는 것을. 그러면서도 나중에 힘에 부쳐 해 줄 수 있는 게 없어지면 어쩌나 걱정하는 눈치였다. 난 그럼 엄마의 행복을 어떻게 지켜 줄 수 있을까 고민하다가, 지금처럼 부모님의 챙김이 필요한 철없는 딸로 오래 남아야겠다고 생각했다. 참 뻔뻔한 딸이다. 받은 게 너무 많은데 그만큼 드릴 자신이 없어서 생각해 낸 게 겨우 이런 거다.

예전에 나는 엄마는 가장 약한 존재인 줄 알았다. 그런데 언제부턴가 엄마는 우리 가족 중에 제일 강한 사람이라는 생각이 들기 시작했다. 그래서 난 언제나 엄마를 필요로 하는 약한 존재로 남을 수밖에 없을 것 같다. 대신 딸이라는 이유로 엄마에게 줬던 상처는 줄이고 고마움은 더 많이 표현하기로 했다. 너무 쉽게 짜증 내거나 화내지 말고 예쁘게 말하기, 고맙다는 말 자주 하기, 주는 것만큼 받는 것도 익숙하게 해 드리기. 적다 보니 고작 이런 것뿐인가 싶지만, 생각해 보면 이 작은 것 때문에 엄마의 마음에 상처를 냈던 게 아닐까.

Part 3

타인에게
휘둘리지
않기

적당히, 비굴하지 않게
나를 지키며 살고 싶다

~~~~~~~~~~~~~~~~

불쾌한 감정은 제때 표출해야 한다. 그러지 않으면 필요 이상의 감정 낭비로 하루를 꽉 채우게 된다. 특히 나같이 앞에선 으르렁대지 못 하고 뒤에서만 구시렁거리는 사람은 그 정도가 더 심하다. 상대의 차가운 시선, 날이 선 말투, 상식을 벗어난 행동에 불쾌함이 가시처럼 바짝 돋아나 내 마음을 콕콕 찌른다. 애써 고상한 척, 괜찮은 척하며 상대에게 언짢다고 말하지 못하다 보니 내 마음만 상한다. 밖으로 자라야 할 발톱이 살을 파고드는 것처럼 콕콕콕, 욱신거린다.

이를테면 택시를 탔는데 여자가 첫 손님이면 재수가 없

다고 해괴한 말을 하는 기사님을 만났다든지, 친구에게 빌려
간 돈을 갚으라고 하니 우리 사이에 그 정도 돈도 그냥 못
주냐며 되레 공격을 당했다든지, 아르바이트를 하고 있는데
막말하는 손님에게도 웃으며 친절하게 응대해야 한다든지,
면접을 보러 갔는데 대놓고 외모나 나이 지적을 당했다든지.
이런 상황에서 정작 상대에겐 불쾌함을 표출하지 못하기 마
련이다. 그리고 그 후에도 지워지지 않는 언짢던 상황을 혼
자 떠올리며 시간을 쓰고 감정을 쓴다. 일도 손에 안 잡히고,
책도 안 읽히고, 케이크의 맛도 씁쓸하게 느껴지고, 데이트를
하다가도 불쑥 화가 치민다. 난 이렇게 필요 이상으로 시간
과 감정을 낭비하고 있는데, 더 화가 나는 건 상대는 나를 전
혀 신경 쓰지 않고 하루를 멀쩡히 보낼 거라는 사실이다.

　　수목원에 갔다가 닮고 싶은 나무 하나를 우연히 발견했
다. 나는 이 나무를 보는 순간 정말 딱 이렇게 살고 싶다는
생각을 했다. 나무의 이름은 가시주엽나무. 이 나무는 자기를
지키기 위해 가시를 바짝 세운다. 가시덤불로 칭칭 감은 것처
럼 나무 기둥을 촘촘히 감싸고 있는 가시는 손대기 겁날 만
큼 위협적이다. 그런데 고개를 살짝만 올려 위쪽을 보면 뾰족
한 가시는 온데간데없고, 연둣빛 잎이 무성하게 돋아나 있다.
분명 하나의 나무인데 위아래를 보면 각각 다른 나무라고 생

각이 들 정도. 아래쪽이 병충해를 입었나? 사람들이 만지지 못하게 하려고 일부러 가시덤불을 감아 놓은 건가? 이런저런 궁금증이 생기려던 차에 나무 옆에 있는 설명을 읽다 보니 자연스럽게 의문이 풀렸다.

가시주엽나무의 원산지는 이란으로, 척박한 사막에서 어렵게 싹을 틔워 살아남기 위해 고군분투한다. 사막의 메마른 땅도 문제지만 낙타도 나무의 생존을 위협하는 존재다. 낙타가 잎사귀와 여린 가지를 모두 먹어 치우면 나무는 살아남을 수 없으니까. 그래서 가시주엽나무는 자기를 지키기 위해 딱 낙타의 키 높이까지만 몸에 가시를 만들어 냈다고 한다. 그 위로는 본연의 푸른 잎을 돋아 내며 자신을 지킨다. 한자리에 뿌리를 내리고 속수무책으로 낙타의 공격을 받을 수밖에 없는 나무지만, 딱 필요한 만큼의 방어 수단을 가지고 스스로를 지키고 있는 것이다.

내가 가시주엽나무였다면 어땠을까. 남에게 싱싱한 나무처럼 보이기 위해 아래는 파릇파릇한 잎을 틔우고, 남들이 보지 않는 윗부분은 가시를 피우지 않았을까. 위협에 정면으로 대꾸할 용기는 부족하고 뒤에서는 혼자 온갖 저주를 퍼붓는 비굴함을 가진 나무가 되지는 않았을까. 그러다 속수

무책으로 낙타들에게 잎사귀를 모두 빼앗기고, 비굴함을 부끄러워하며 자책하다 스스로를 말라 죽이진 않았을지.

　못마땅한 상황에 제때 필요한 만큼의 가시를 세우는 사람이 되고 싶다. 상대에게 상처를 주기 위해서가 아니라, 쓸데없이 내 감정과 에너지를 낭비하지 않기 위해서. 그리고 내 평안한 삶을 남들에 의해 좌우되지 않게 하기 위해서. 그렇게 나를 지키기 위해서. 그러고 나서 상황이 종결되면 곧바로 가시를 훌훌 털어 내고 아무 일 없었다는 듯 다시 매끈해졌으면 좋겠다. 괜찮지 않으면서 괜찮은 척하지 말고, 적당히 필요한 만큼의 방어 수단으로 나를 방어하며 살고 싶다.

　나처럼 남에게 뾰족하지 못해 고민인 사람도 있겠지만, 자기를 지키기 위해 누구에게나 늘 뾰족하게 구는 사람도 있다. 상처 주는 말로, 말투로, 눈빛으로, 행동으로, 까칠함을 온몸으로 표현하는 사람. 그런 이들 중에는 원래 표현이 거친 사람도 있지만, 본인이 상처받고 싶지 않아 불안함과 나약함을 감추기 위해 일부러 가시를 세운 경우도 많다. 그 마음이 전혀 이해되지 않는 건 아니다. 그래도 아무 잘못 없는 사람에게 상처를 입히면서까지 자신을 지키려 하는 건 아무래도 너무 이기적이지 싶다. 그런 사람을 상상하면, 자기의 파릇파릇한 잎은 하나도 지키지 못한 채 온몸이 뾰족뾰족한 가시로만 뒤덮인 나무가 떠오른다.

앞뒤 덮어 두고 무작정 공격적이지도 말고, 상대에게 불쾌함을 숨기면서 본인을 괴롭히지도 말자. 가시주엽나무가 자기를 지키기 위해 필요한 딱 그만큼의 방어 수단인 가시를 만들어 낸 것처럼. 뭐든 적당한 게 제일 어렵지만, 그래도 당장 할 수 있는 것부터 시작했으면 좋겠다. 일단 내 솔직한 감정은 숨긴 채 상대의 비위를 맞춰 주는 비굴함부터 버리자. 그것만으로도 자책감과 쓸데없는 감정 낭비는 훨씬 줄어든다. 나는 타인이 준 상처 때문에 돋아난 가시가 내 마음으로 파고들어 나를 찌르게 내버려 두지 않을 거다. 상대가 따끔하다고 느낄 수 있게 밖으로 가시를 세울 거다. 그러다 보면 딱 그만큼의 적당함을 찾는 때가 오지 않을까. 언젠가는.

내 편인 척

무례함을 일삼는 사람 대처법

～～～～～～～～～

  본의 아니게 속을 알 수 없다는 말을 자주 듣곤 한다. 상황을 치밀하게 계산해 가며 의도적으로 감정을 감출 정도로 머리 회전이 빠른 편도 아닌데, 단지 내가 느끼는 감정대로 행동할 겨를이 없는 것일 뿐이다. 솔직한 감정을 말과 행동으로 표현했을 때 혹시 상대가 난처해하진 않을까, 혹은 상대의 날카로운 반응에 내가 상처를 입게 되진 않을까. 이런저런 걱정들이 몸에 전달되는 속도가 내 솔직한 감정을 표출하는 속도보다 약간 더 빠른 것 같다.

  여간해선 사람들 앞에서 눈물을 보이는 일도 없다. 울면 상대가 당황하거나 약하다고 얕잡아 볼 수도 있고, 어두운 감정이 주변으로 전염될 수도 있다고 생각해서다. 눈물을 참는 내공이라도 생긴 건지 이젠 슬픈 드라마나 영화를 볼 때도 잘 울지 않는다. 덕분에 영화관 공기가 훌쩍이는 소리로 축축해질 때도 흔들림 없이, 물기를 꽉 짜서 바짝 말린 수건처럼 건조한 얼굴로 눈만 끔뻑거린다.

이런 내가 눈물을 펑펑 흘린 걸로 손꼽는 영화 중 하나가 바로 「계춘할망」이다. 하나뿐인 손녀에게 무조건적인 사랑을 쏟는 계춘. 그런 할머니의 애정과 관심이 부담스러운 손녀 혜지. 할망은 손녀에게 말한다. "혜지야. 세상살이가 아무리 힘들고 지쳐도 온전한 내 편 하나만 있으면 살아지는 게 인생이다. 내가 네 편 해 줄 테니 너는 네 원대로 살아라."

수많은 영화의 각종 눈물 포인트를 잘 극복해 온 내가 이 말에서 눈물이 터지기 시작해, 눈물과 콧물로 범벅 된 얼굴이 되어 영화관을 나오고 말았다. 앞서 말했듯 나는 사람들 앞에서 내 속을 솔직하게 드러내는 게 서툰 편이다. 그래도 계춘할망처럼 "네 편 해 줄 테니 네가 하고 싶은 대로 해도 괜찮다"고 확신을 주는 사람이 있다면 상대방의 눈치를 덜 보고 신나게 이야기할 수 있겠다 싶었다.

생각해 보면 예민해서 걱정이 많고, 소심해서 상처도 잘 받는 내가 그래도 미약하게나마 세상에서 내 목소리를 내며 살아가고 있는 것도 온전한 내 편 덕분이지 않은가. 그래, 맞다. 영화를 보면서 느낀 그 뭉클한 감정이 잠들기 전까지 가라앉지 않았다면, 아마 새벽 2시 감성까지 더해져 밤새 '소중한 내 편 당신에게'로 시작하는 눈물의 손편지를 썼을지도 모른다. 다행히 영화를 보고 나서 친구와 인생 족발로 꼽을 만큼 맛있는 족발을 먹은 덕에 영화의 뭉클함은 족발 맛의 감동 뒤로 밀리고 말았지만. (안 그랬으면 새벽에 혼자 영화 한 편 찍을 뻔했다. 얼마나 다행인지!)

그런데 지금 와서 생각해 보니, 내 편이라 믿을 수 있는 사람에게 구구절절 고마움을 적은 손편지를 건네는 것도 물론 좋지만, 함께 맛집에서 인생 족발을 먹으며 시시콜콜한 이야기를 나누는 것도 나름대로 좋은 것 같다. 그렇게 속을 터놓고 이야기하다 보면 그 순간만큼은 남들에겐 털어놓지 못했던 나의 진짜 감정을 온전히 만날 수 있으니까. 그날의 후련함을 가지고 고된 일상을 당분간 조금이나마 가볍게 살아낼 수 있을 테니까. 나도, 내 편도.

인간관계를 꼭 내 편, 네 편으로 나눠야 하는 건 아니지만, 계춘할망의 말처럼 온전한 내 편 하나만 있으면 살아지는 게 인생이라는 건 분명하다. 그래서 나는 잘난 척, 예쁜 척, 있는 척하는 사람은 얄밉긴 해도 참아 줄 수 있지만, 내 편도 아니면서 내 편인 척하는 사람은 절대 용서할 수가 없다. '네 편'이라는 말을 앞세워 그들이 저지르는 무례함이란 폭력을 참을 수 없다. 대놓고 나를 미워하거나, 성향이 맞지 않는 사람이라면 상대하지 않으면 그만이다. 물론 누군가 나를 탐탁지 않아 한다는 게 용납이 안 돼 혼자 속을 끓였던 적도 있다. 이젠 그런 사람은 그냥 자주 마주치지 않는 게 상책이라는 걸 알 만한 나이가 됐으니 논외로 해도, 내 편과 내 편인 척하는 사람을 구분하는 것만큼은 여전히 어렵다.

예전 직장에서 한 상사가 나에게 말했다. "김 주임 팍팍 밀어줄게! 하고 싶은 건 뭐든 해 봐. 우리 팀에서 김 주임 말고 내가 믿을 사람이 누가 있냐. 우리 잘 해 보자." 나는 원래 누가 나를 밀어주든 끌어 주든 그런 것에 연연하지 않는다. 내 할 일을 열심히 한다. 그런 사람이니까. 다만 누군가가 나를 인정하고, 강한 신뢰를 보여 준다는 것 자체가 좋았다. 그러던 그는 사람들 앞에서는 "그 프로젝트 왜 아직도 마무리 못했어!" "정신 똑바로 안 차려?" "지난번에 하기로 한 것과 다르잖아!"라며 고래고래 소리를 지르며 역정을 냈다. 그러다가도 또 뒤로는 넌지시 이렇게 말하는 거다. "우리 팀에 최 대리가 나보다 나이가 많잖아. 대놓고 혼낼 수가 없어서 최 대리 긴장하라고 김 주임한테 일부러 그런 거야. 나 이해하지?" "부장님이 요즘 우리 팀을 탐탁지 않게 생각해서 내가 빡세게 관리하고 있다고 티를 내야 했어. 김 주임이 잘 못해서 그런 건 아니니까 지금처럼만 해." "지난번 그 아이디어 아주 좋던데. 다른 팀원들에겐 불안해서 맡길 수가 없잖아. 지금도 일이 많아서 힘든 건 알지만 이것도 맡아서 한번 해 봐. 역시 김 주임밖에 없다니까."

와, 한여름에도 소름이 쫙 돋는다는 게 이런 걸까. 지킬 앤 하이드를 능가하는 두 얼굴을 지닌 그의 행동은 황당 그 자체였다. 시원하게 욕을 한 바가지 날려 주고 싶었지만, 앞서 말했듯이 나는 감정을 밖으로 표출하기 위해 시동을 걸기까지 한참이 걸린다. 게다가 불편한 사람 앞에선 더더욱 바른 말, 고운 말의 굴레를 벗어나지 못한다는 치명적인 약점까지 가졌으니. 불쾌한 감정을 앞에서 표현하지 못하고 혼자 삭일 수밖에 없었다.

그런데 진짜 분한 건 따로 있었다. 바로 나의 태도 때문이었다. 처음에는 그의 말이 친절인지 폭력인지조차 헷갈렸고, 다음엔 자기 무례함에 대해 늘어놓는 그의 구차한 변명을 이해해 보려 노력했고, 그다음엔 회사에서 관계가 껄끄러워질까 걱정돼 화를 마음에 꾹꾹 눌러 담고 그 사람 앞에선 아무렇지 않은 듯 웃음을 보였다는 것. 그의 무례함보다 더 큰 상처로 남은 건, 상대의 무례함에 분노하는 대신 굴복을 택한 내 모습이었다.

적어도 사람 사이의 관계에 있어서는 가짜가 진짜인 척하지 않는 세상에 살고 싶다. 가짜들은 자신의 무례함을 정당화시키려 애를 쓴다. 아들 같아서, 딸 같아서, 친구 같아서, 동생 같아서 그랬다는 말로. 진짜 아들, 딸, 친구, 동생한테는 그러지 않는다는 걸 그들 스스로도 잘 알면서. 계속해서 강요한다. 노력을, 열정을, 인내를.

진짜인 척하는 가짜를 한눈에 쏙쏙 골라내 잡초처럼 뽑아낼 수 있다면 좋을 텐데. 하지만 진짜와 가짜를 제대로 구분하려면 어쩔 수 없이 어느 정도 시간이 필요하다. 마음을 찔리고 긁혀 봐야 알게 된다. 어차피 처음부터 알아챌 수 없고 상처를 입어 봐야 알 수 있는 거라면, 그렇다면 발견했을 때 "이제 넌 완전히 아웃이야"라고 말할 수 있는 냉정함이라도 가지고 싶다. 조언을 가장한 예의 없는 말, 어쭙잖은 가르

침, 불쾌함을 불러일으키는 행동들은 우아하게 무시하거나,

전혀 도움 안 되니 신경 끄라고 세련되게 받아치거나.

흘러가는 인연이라면
기꺼이, 흘려보낼 것

~~~~~~~~~~

　내 인간관계는 넓고 얕기보단 좁고 깊은 편이다. 상대를 내 안전거리 안에 들여도 좋다는 판단이 들 때까진 여간 해선 속을 열어 보여 주지 않는다. 그러니 대부분의 관계가 겉돌 수밖에. 성격상 깊은 인연을 만들기가 쉽지 않다는 걸 알아서, 믿고 속을 터놓을 만큼 발전한 관계는 더없이 소중하게 여긴다. 소중한 만큼 관계가 오래 유지되길 내심 기대하기도 한다. 하지만 살다 보니 함께 깊숙이 파 내려갔다고 생각한 관계의 구덩이가 흔적도 없이 메워지는 걸 알아채는 허망한 순간이 있다. 서로를 뜨겁게 위로하고 응원하던 사람과 차츰 연락이 뜸해지다가, 언제부턴가 흔한 안부를 묻는 것조차 어색해졌을 때가 그렇다. 그렇게 떠나보낸 인연이 지금 얼핏 생각나는 사람만 세어 봐도 열 손가락이 넘는다. 싸우거나 감정 상하는 일이 있었던 것도 아닌데, 뭐가 문제였을까. "연락 좀 자주 할걸." "이렇게 되기 전에 좀 더 신경을 썼어야 했는데." "뭐가 그리 바쁘다고 번번이 다음에 보잔 말만 했을까. 약속은 안 잡고……." 그냥 다 내 잘못인 것만 같았다.

직장을 한곳만 질기게 다니질 않다 보니, 새로운 인연들을 많이 만났다. 역시 회사가 마음에 안 들면 동료들끼리의 관계가 깊어지는 게 진리. 서너 명이 끈끈한 사이가 됐다. "짜증 나"라는 말은 "오늘 한잔할까?"라는 신호였다. 나이도 비슷하고 짜증도 많고 미래도 불안했던 우리는 자주 신호를 주고받았다. 불평불만을 안주 삼아 쓰린 속을 달래고, 서로의 눈물을 닦아 주고, 미래를 함께 고민하며 몇 년을 보냈다.

회사를 그만두던 날, 찔끔 눈물이 고였다. 회사에 미련이 남아서가 아니라, 더는 이들과 같은 공간에서 웃고 떠들지 못한다는 아쉬움 때문에. "나 혼자 떠나서 미안해." 나의 부재로 한동안 마음이 헛헛할 동료들에게 미안한 마음이 들었다. 동료의 촉촉해진 눈가를 닦아 주려고 고개를 들었다. "야! 너 울 거야, 웃을 거야. 둘 중 하나만 해. 둘 다 하니까 엄청 못생겼어.” “뭔 눈물까지 흘리고 그러냐. 너 우리 밖에서 안 볼 생각이었어?” 헤어짐을 이별이라 생각하지 않던 ‘감성 브레이커’들에게 놀림만 당하고 말았다.

우리는 회사를 그만두고도 종종 함께 시간을 보냈다. 늘 “다음에 봐” 하고 헤어졌지만, 시간이 갈수록 우리의 ‘다음’은 어딘지 모르게 위태로워 보였다. 남은 사람과 떠난 사람이 이어 가는 관계는 분명 예전과 같지 않았다. 남은 사람은 남겨진 곳에서의 인연에 집중했고, 떠난 사람은 새로 정착한 곳에서의 인연에 더 마음을 썼다. 한때 눈만 마주쳐도 마음을 읽던 우리는 구구절절이 각자의 상황을 설명해야만 겨우 마음을 짐작할 수 있는 사이가 됐다. ‘우리에게 정말 다음이 있을까?’ 마치 연인들이 이별을 직감하듯, 만남 끝에 슬며시 고개를 드는 의구심을 혼자만의 착각이라 외면하려 애썼다. “잘 살고 있어?” “요즘 어때?” 문자를 썼다 지웠다 하는 날들이 늘었다. 그러다 언제부턴가 안부를 묻지 않는 게 당연해져 버렸다.

어떤 삶을 살고 있는지 가끔 궁금하지만 이젠 묻지 않는다. 사실 근황은 웬만큼 다 안다. 각종 SNS가 그들의 존재를 상기해 주니까. 일부러 찾아내지 않아도. 오래전 흘려보낸 인연들까지 잡아내 "너 이 사람 알지. 맞지?" 확인하며 친구를 맺으라고 권하는데 모를 리가 있나. 군이 안부를 알고 싶지도, 내 안부를 알리고 싶지도 않은 사람들도 있지만, 개중에는 반가운 얼굴들도 있다. 하지만 모두가 딱히 직접 연락하기 어색해진 인연들이란 사실.

"어머, 회사 그만둔다더니. 임용고시 봐서 선생님이 됐나보네. 대단하다." "일이 적성에 안 맞는다고 했는데 여전히 그 일을 계속하면서 살고 있구나." "그때 사귀던 남자친구랑은 헤어지고, 다른 남자랑 결혼했구나. 그때 그 남자가 더 잘생겼군." "아직도 승진을 못 했어? 그러게, 일 안 하고 뺀질거리고 다닐 때 알아봤어." 그들의 삶에 대한 호기심이 무럭무럭 자라나는 건 막을 수가 없다. 익숙하던 그들이 살아 내고 있는 낯선 일상을 엿보며, 새삼 우리의 멀어진 거리를 실감한다. 다시 관계를 이어 가기 위한 노력이나 기대는 하진 않는다. 내 멋대로 들여다보고 지금 어떻게 살고 있는지를 짐작하는 것 뿐이다. 물론, 자주는 아니고 아주 가끔. 정말 가끔이다! 몰래 누군가의 삶을 들여다보고 있는 게 그리 떳떳한 일도 아니거니와 무엇보다 혹시 손가락을 잘못 스쳐 내 흔적이라도 남길까 싶어 조마조마하다. 그리고 속상하다. 존재만으로 힘든 시간을 버티는 힘이 되어 주었던 누군가와 불편한 사이가 됐다는 씁쓸함을 삼켜야 하는 게.

　반대로 과거 인연이 SNS에서 나에게 친구 요청을 해 올 때도 가끔 있다. 누구냐에 따라 반갑기도 하고 난감하기도 하다. 후자의 경우는 대부분 수락해 놓고도 계속 눈에 거슬리거나, 거절해 놓고 한동안 찝찝한 마음이 들거나 둘 중 하나가 된다. 이미 깨진 관계는 깨진 그릇과 같아서 호기심이란 접착제로 조각조각 붙여도 절대 처음과 같이 매끄러워지지 않기 마련이니까.

　살면서 고마운 인연들을 참 많이 만났고, 신기하게도 인연은 의도치 않게 만들어졌다. 처음 만난 내가 낯선 분위기에 잘 적응할 수 있도록 살갑게 마음을 써 주며 다가와 준 이도 있었고, 낯선 타지 생활에 대한 동질감을 나누며 서로의 시간을 채워 준 이도 있었다. 나조차 의심했던 내 능력을 무조건 믿어 준 이도 있었고, 쭈뼛쭈뼛하며 내밀지 못하고 있는 내 손을 덥석 먼저 잡아 준 이도 있었다. 어쩌면 고마워서, 받은 만큼 내가 주지 못한 것 같아서 흘러간 인연에 자꾸 미련이 남는지도 모르겠다.

　그런데 생각해 보면 이들 모두, 누군가가 비워진 자리에 흘러 들어왔다. 약해진 관계가 있으면 다른 끈끈해진 관계도 있었고, 단단했던 관계도 언젠가는 느슨하게 풀어졌다. 의지에 의해서라기보다 상황에 따라서, 관심사의 변화에 따라서 자연스럽게. 누구의 잘못도 아니었다. 그러고 보면 비워야 채워진다는 말이 틀리지 않다. 단, 인연에 있어서 누군가를 떠나보낸다는 건 그 사람을 영영 지워 버리는 게 아니다. 누구나 그렇지 않을까. 지난 시간을 설명할 때 그때의 인연들을 빼놓고는 말할 수가 없다. 그럴 때마다 생각한다. 사이가 멀어져서 다시 만나지 않겠지만 마음 어딘가에 지워지지 않는 얼룩처럼 남았구나.

추억이 그립고 이별이 안타까울 때도 있다. 이미 흘러가 버린 인연을 붙잡진 않지만, 버리지 못하는 미련이 아주 많은 사람이다, 나는. 그렇다고 일부러 떠나보냄에 쿨한 사람이 되고 싶지도 않다. 담담하게 이별하는 대신, 앞으로도 내게 오는 인연에는 더욱 충실하고 멀어지는 인연은 멀리서라도 힘껏 응원해야지. 이 글을 누가 볼 진 모르겠으나 말 나온 김에 그간 전하지 못한 말을 한번 꺼내 본다.

잘 살고 있죠? 나의 흘러간 인연들. 곁에서 함께하던 그때처럼 앞으로도 당신의 삶을 응원할게요. 사실 모두를 응원하는 건 아니고, 웃으며 헤어졌지만 솔직히 '너 어디 잘 되나 보자' 하고 벼르고 있는 사람도 있어요. 아, 많진 않아요. 몇 명 안 돼요, 정말. 당신은 아니겠죠. 아무래도 다시 얼굴을 마주하긴 어려울 테니까 이렇게나마 글로 적어 봅니다. 괜한 글을 써서 미련 많고 뒤끝 있는 사람이란 걸 들킨 것 같아 민망하지만 고마워요. 정말로요. 우리가 함께한 시간 가끔 꺼내 보며 힘낼게요. 당신도 그랬으면 좋겠습니다.

갑질에 경고 버튼을
누르겠습니까?

~~~~~~~~~

　카페에 앉아 있는데 옆자리가 시끌시끌했다. "우기면 안 되는 게 어디 있냐. 점원이 몇 번이고 안 된다고 하는데, 결국 내가 환불을 받아 냈잖아." 한 사람이 자랑스럽게 말하자, 주변 사람들은 "역시 목소리가 커야 돼", "손님이 왕인데 당연히 해 줘야지" 따위의 말을 보태며 잘했다고 맞장구를 쳤다. 어깨가 으쓱해진 영웅담의 주인공이 직접 들려준 이야기는 이랬다. 옷을 샀는데 한두 번 입어 보니 옷이 영 마음에 들지 않더란다. 그래서 매장에 옷을 들고 가 환불해 달라고 떼를 쓴 거다. 상표도 떼도 영수증도 없고 심지어 몇 번을 입고 외출했던 옷을 가지고. 직원이 거의 울 것 같은 표정으로 돈을 돌려줬다는 이야기를 하면서 자기들끼리 웃는데, 옆에서 듣는 나는 화가 치밀어 올랐다. 저 사람은 대체 뭘 잘했다고 저렇게 당당하지? 본인의 행동이 물벼락 갑질에 버금갈 만큼 상대에게 모멸감을 주는 일이란 걸 알긴 하는 걸까?

서비스직에서 일하는 친구들을 만나면 늘 하소연을 듣는다. 일을 하다 보면 손님에게 이유 없이 욕을 먹으니 자존감이 바닥을 친다고. 계약서에 명시된 내용을 충분히 설명을 해 줬는데도 나중에 와서 그런 말 들은 적이 없다, 배 째라, 하고 욕하며 소리를 지른다고 한다. 특정한 연령대나 성별에만 그런 사람들이 있는 것도 아니랜다. 우리 또래의 젊은 사람들도 많다는 것이다. 그들은 본인이 지불한 돈에 서비스 비용만이 아니라 직원에게 모멸감을 줄 자격까지 포함됐다고 착각하는 듯했다.

서비스 현장에서만 일어나는 일이 아니다. 한 사람의 인격을 짓밟는 폭언을 일상적으로 일삼는 직장 상사도 있고, 대학원생을 수년간 상습적으로 구타하고 인분까지 먹인 교수도 있다. 아파트 경비원을 하인 부리듯 대하고 폭력까지 일삼는 주민은 또 어떤가. 부끄러운 일을 하고도 부끄러운 줄 모르는 사람들은 우리 가까이 존재한다. 그들이 느껴야 할 수치심을, 거꾸로 그들에게 꿈, 일자리, 미래를 저당 잡혀 아무 말 못하는 '을'들이 감당하고 있다.

겨울철 화재의 주요한 원인 중 하나가 전기장판의 온도 조절기 고장이다. 특정 온도가 되면 자동 차단 장치가 작동해 전기 회로를 닫아 과열을 막아야 하는데, 이 기능이 제대로 작동하지 않으면 온도가 끝을 모르고 치솟아 결국 불이 나고 마는 것이다. 난 사람에게는 감정 조절 장치가 있다고 생각한다. 부정적인 감정이 적정선 이상 올라가면 폭발하지 않게 회로가 정상적으로 닫혀야 한다. 고장이 날 경우 감정을 통제하지 못하고 폭언이나 폭력을 일삼게 된다. 그런데 요즘 감정 조절기 고장이 의심되는 사람들이 왜 이리 많은지. 충고를 가장한 폭력적인 말과 인격적 모독을 서슴지 않는 사람, 감정을 주체하지 못 하고 고성과 욕설을 퍼붓는 사람, 특정인을 무시해 일부러 농담인 척 굴욕감을 주는 사람, 다른 곳에서 뺨 맞고 애먼 데 와서 화풀이하는 사람. 싹 다 감정 조절기 고장으로 수리를 맡기고 싶다. 그들 때문에 내가 고장 나 버리기 전에.

전기장판의 온도 조절기가 고장이 나지 않았는지 확인하는 것처럼, 감정 조절기도 제대로 잘 작동하는지, 고장이

나진 않았는지 자주 체크해야 한다. 자기 스스로 하는 게 가장 좋지만 대부분의 사람들이 스스로 고장 났는지 알아차리기 힘든 것 같다. 그래서 주위 사람들의 감시가 필요하다. 고장이 의심되면 주변에서 경고음을 울려 주고, 수리가 필요하다고 적극적으로 말해 줘야 한다. 알고도 쉬쉬하는 게 가장 큰 문제다.

예전에 짧게 몸담았던 회사는 사장님의 막말과 고성이 일상적이었다. 사장님 얼굴이 저기압이면 다들 눈에 띄지 않으려고 각별히 조심했다. 언젠가 한 번은 내가 몸이 너무 안 좋아 조퇴하겠다고 하니 팀장님이 결재를 해 줬다. 그런데 회사 문 밖으로 나가기도 전에 사장실에서 고성이 들렸다. 상대는 팀장님이었다. 아픈 직원의 조퇴를 허락해 줬다고, 사장님에게 욕을 듣고 있는 것이었다. 얼굴이 벌게져서 자리로 돌아온 팀장님은 미안하지만 조퇴는 안 될 것 같으니, 병원에 가서 쉬다가 다시 회사로 들어와서 한 시간만 있다가 퇴근하라고 했다. 회사 생활을 하면서 딱 한 번 조퇴하겠다는 얘기를 꺼냈다가 상사를 욕받이로 만들어 미안했지만, 사실 왜 미안할 수밖에 없는지 이해가 안 됐다.

인격을 모독하는 말들도 잦았다. "일을 이렇게 하면 어떡

해. 머리는 장식으로 달고 다녀?""넌 회사에서 밥값도 못 하면서 밥이 목으로 넘어가니?""네 의견이 뭐가 중요해. 잔말 말고 시키는 대로나 해." 사장님의 막말을 듣는 사람은 고개를 푹 숙이고 죄인처럼 서 있고, 다른 사람들은 자기에게 불똥이 튀기라도 할까 숨죽이고 자기 모니터에서 눈을 떼지 않았다. 사장님의 자동 감정 조절기는 틀림없이 고장 나 있었다. 그건 모두가 알고 있는 사실이었다. 하지만 그 누구도 경고 버튼을 누르지 않고 벌벌 떨었다. 직급이 높은 분들도 그저 눈치만 보며 숨죽이는데, 아래 직원들이 뭘 할 수 있었겠는가. 모두가 방관자였고, 그 대가로 모두 피해자가 됐다.

갑질은 개인 대 개인의 문제가 아니다. 특정한 사람만이 겪는 일이라고 방관하다 보면 언젠가 내가 그 일을 겪지 않는다고 보장할 수 없다. 한 음식점에서 일하는 직원들이 "남의 집 귀한 자식"이란 문구가 적힌 유니폼을 입고 일하는 모습이 화제가 된 적이 있었다. 어떤 카페에는 "반말로 주문하시면 반말로 주문받습니다"라는 문구가 붙었다. 콜센터 상담원들이 폭언과 욕설을 하는 고객의 전화를 먼저 끊을 수 있도록 하는 '끊을 권리'도 확산되고 있다. 기업 총수 일가의 갑질 논란 이후, 수면 아래에 있던 온갖 갑질 행태에 대한 제보가 잇따르고 있다. 감정 조절기가 고장 난 사람들을 향해 경고음이 울리고 있는 거다. 어렵게 용기를 내 경고 버튼을 누른 사람들이 있었기에 가능했고, 어느 누구도 돈이나 지위를 내세워 개인의 인격을 모욕하거나 명예를 훼손해선 안 된다는 사회적 관심이 높아진 덕이기도 하다.

타인에게 모멸감을 줘 놓고 자기가 마치 승리자라도 된 것처럼 의기양양한 사람들이 사라지길 바란다. 본인의 부정적인 감정을 정상적으로 처리하고 조절하는 방법을 배우고, 부끄러운 일을 했으면 수치심을 느끼고 다신 그러지 않도록 노력해야 한다. 우리의 자동 감정 조절기는 제대로 작동하고 있을까? 사회적 지위가 높고 돈 많은 사람만 점검할 게 아니다. 누구나 한 번쯤, 아니 수시로 '나도 혹시?' 하고 점검해야 한다. 의외의 순간, 의외의 장소에서 고장 난 걸 알아챌지도 모른다.

소심하게
소신 있게

~~~~~~~~~~

　나 같이 소심한 사람은 "저 사람이 나를 어떻게 생각할
까?"라는 생각에서 자유롭지 못하다. 그러려고 해서 그런 게
아니라, 그냥 나도 모르게 그러고 있으니 답답한 노릇이다.
몸에 익어 버린 버릇처럼 상대의 말 하나 행동 하나에도 반
응을 살피게 되고, 내가 하고 싶은 말은 삼키는 대신 상대의
기분이 상하지 않을 말을 잘 골라낸다. 내 감정엔 솔직하지
못하고 상대의 감정만 살피다 보면 주눅이 들기 마련이다.

　그러다 보면 "아, 그때 그 사람한테 이 말만은 꼭 해야
했는데" 하고 꼭 뒤늦게 후회하는 일이 생긴다. 그 자리에선

그저 사람 좋은 척하며 참기만 했으면서 비겁하게 뒤에서는 푸념을 잘도 늘어놓는다. 그런 날은 쉽게 잠에 들지 못한다. 몇 번이고 뒤척이다 겨우 잠이 든다. 생각해 보면 이 모든 게 다 남에게 좋은 사람이 되려다 결과적으로 나를 괴롭히는 꼴이다. 그걸 알면서도 어쩌지 못하고 있으니, 참 안쓰럽다.

이런 탓에 속 시원히 할 말 다하는 사람들이 늘 부러웠다. 그런 말을 하는 연예인들 덕에 TV 볼 맛이 난다. 누구나 생각할 법하지만, 정작 말로는 꺼내기가 힘든 말을 그들은 당당하게 내뱉는다. 어쩜 저렇게 눈치 보지 않고 속 시원히 할 말을 다 할 수 있지? 나처럼 말 한마디를 꺼내기까지 열 번을 입 안에서 곱씹는 사람은 상상도 못 할 일이다. 미용실에서 새로 한 머리가 마음에 안 드는데 한마디 못 하고 머리만 매만지다 나온 날도, 처우나 단가가 마음에 들지 않는데도 일감이 끊길까 싶어 말을 참은 날도, 마음에 안 드는 불편한 사람을 만났는데 전혀 티 내지 않으려고 친한 척 폭풍 리액션을 해 주느라 에너지가 소진된 날도, 그저 난 집에서 TV를 보며, 다른 사람들의 속 시원한 한마디를 위안 삼아 속상함을 달랠 뿐이다.

그러다 생각한다. 저들한테 단기 속성 집중 과외라도 받으면 나도 좀 달라지려나? "어쩜 머리를 이렇게 만들어 놓을 수가 있죠? 정말 별로예요." "지ㄲ 이런 식으로 부당하게 대우하시면 같이 일 못 합니다." "당신 정말 별로거든. 쥐뿔도 없으면서 잘난 척 좀 그만해요"라고 담아 둔 얘기를 속 시원히 꺼내 놓을 수 있을지 모르겠다. 그러면 내 마음도 좀 편해지려나.

사람들은 누구나 어느 정도 타인을 의식하며 살아갈 수밖에 없다. 그러나 소심한 사람들은 타인의 시선에 더 많이 얽매여 있다. 본인의 말과 행동이 타인의 오해를 불러일으켜 관계에 문제가 생기거나, 더 나아가 남들에게 심심풀이로 잘근잘근 씹히기 좋은 오징어가 될까 봐 두려운 마음 때문이다. 그래서 누구에게나 좋은 사람이 되려고 하지만, 그럴수록 정작 나 자신에겐 가장 불친절한 사람이 되고 만다.

'남에게 좋은 사람이 되려 한 만큼 나 스스로에게도 좋은 사람이 되려고 노력한 적이 있었나?' 자문하다 보니 늘 상대적으로 무시될 수밖에 없었던 나에게 미안해졌다. 생각해 보니 소심해서 괴로운 건 할 말을 참기만 해서가 아니라, 자꾸만 나에게 미안한 일을 만들기 때문이었다. 할 말 다 하는 사람들이 멋져 보이는 건 하고 싶은 말을 상대에게 따발

총처럼 마구잡이로 쏟아 내기 때문이 아니다. 그들의 말에는 자기 자신을 존중하는 마음과 믿음이 담겨 있다. 그래서 당당하고 주눅 들지 않는 것이다.

소심한 나는 할 말 다 하고 독설까지 날리는 건 죽었다 깨어나도 어렵겠지만, 숨지 않고 자기 소신과 신념을 드러내며 말하는 건 한 번 해 볼 만하지 않을까. 그러려면 타인의 관심에 사로잡혀 모두에게 좋은 사람이 되려는 노력부터 그만둬야 한다. 나에게 미안할 일을 만드는 대신 나를 좀 더 사랑해 주고, 나를 중심에 두고 살아가는 걸 잊지 않아야 한다. 그런데 오늘도 난 "왜 새치기하세요. 줄 똑바로 서세요"라는 말을 못 해 혼자서만 속을 끓였다. 내가 바라는 사람이 되려면……, 시간이 아주 많이 필요하겠다.

타인 때문에
나를 억압하지 말 것

~~~~~~~~~~

    왼손잡이라는 이유로 어릴 땐 어른들한테 참 많이 혼이 났다. 수업 시간에 필기를 하고 있으면 선생님의 긴 회초리가 내 왼손을 쿡쿡 찌르거나 찰싹찰싹 때렸다. 왼손에 그어진 선명한 빨간 줄은 금세 부풀어 오르면서 따끔거렸다. 그럴 때면 오른손은 왼쪽 손등을 쓱쓱 어루만지다가 선생님 눈치를 보며 서둘러 연필을 데리고 갔다. 집에서도 별반 다르지 않았다. 연필이나 숟가락이 왼손에 들려 있으면 눈물을 쏙 뺄 정도로 혼이 났다. 더 늦기 전에 나쁜 습관을 뿌리 뽑고야 말겠다는 어른들의 굳은 의지는 늘 내 왼손을 죄인으로 만들었다. 억울했다. 분명 사람 손은 두 개인데, 왼손으로 글씨를 쓰고 밥을 먹는 게 왜 그리 혼날 일인지. 왜 똑같은 손인데 오른손만 대접받고 왼손은 쓸모없는 취급을 당해야 하는 건지. 하필 나는 왜 왼손잡이라서 오른손잡이들은 모르는 불편을 겪으며 사는 건지. 어린 마음에 도무지 납득이 가지 않았다.

궁금하다. 요즘 왼손잡이들은 어떤 대접을 받고 자랄까? 내가 어릴 적에도 왼손잡이는 천재라는 말이 있었고, 양손을 사용하면 두뇌 발달에 좋다는 말도 있었다. 왼손잡이 자녀를 둔 부모라면 아이의 행동을 교정해야 할지, 편한 대로 살라고 놔둬야 할지 당연히 고민이 될 터. 그 와중에 우리 부모님은 일찌감치 딸이 천재 소리는 들을 리 없다는 걸 알아차리기라도 한 듯, 미련 없이 무조건 오른손잡이로 살 것을 고집했다. 살면서 나쁜 머리 탓을 할 때면 가끔 아쉬운 마음도 든다. 나도 어릴 때 구박받지 않고 자유롭게 왼손을 썼다면 세상에 한 획을 긋는 천재가 됐을지도 모른다. 이게 다 어른들 탓이야. 부모님을 붙잡고 따져 봤자 잔소리만 들을 게 뻔하니, 말은 꺼내지 못하고 그냥 혼자 한탄하고 만다. 어찌 됐든 결국 나의 왼손은 오른손에게 생활의 주도권을 빼앗겼고, 그 뒤로 연필 한 번, 숟가락 한 번 제대로 쥐지 못하는 신세가 되고 말았다.

하루아침에 책상과 밥상에서 밀려난 왼손의 신세도 처량하지만, 습관적으로 왼손을 찾는 내가 감당해야만 했던 스트레스도 만만치 않았다. 연필을 쥐기 위해 반사적으로 왼손을 뻗었다가 큰 잘못이라도 한 듯 흠칫 놀라며 황급히 손을 바꾸는 일도, 오른손으로 글씨를 쓰는데 손에 단단하게 힘이 들어가지 않아 흐느적거리는 듯한 엉성한 느낌을 이겨내는 일도, 자음과 모음을 쓰는 게 아니라 기호를 그리는 것만 같은 어색한 손의 감각을 견디는 일도, 아무리 노력해도 오른손 사용이 자연스러워지지 않는 나 스스로를 꾸짖는 일도. 모두 다 나 혼자 감당해야 할 불편과 고통이었다. "이렇게까지 해야 하는 겁니까? 나 정말 힘들다고요" 하며 제대로 따져 묻지도 못했다. 혼날까 봐. 혼나지 않기 위해 오른손을 써야 하는 거니까.

그래서 난 어른들의 바람대로 완벽한 오른손잡이가 됐을까? 안타깝게도 나는 여전히 가끔 눈칫밥을 먹는 왼손잡이다. 왼손잡이라고는 하지만 실생활에서 오른손을 더 많이 쓰고, 왼손은 아주 가끔 쓴다. "그게 무슨 왼손잡이야?"라고 할지 모르지만, 통상 오른손잡이들이 왼손을 쓰는 게 서툰 것에 비해, 나는 어색함이 적다. 특히 도구를 쓰는 특수한 상황에서는 오른손보다 왼손을 사용하는 것이 더 편하다. 배드

민턴 라켓을 쥐는 손도, 칼질하는 손도, 볼링공을 드는 손도, 가위질을 하는 손도 모두 왼손. 대신 글씨를 쓰고 밥을 먹는 손은 오른손이다. 이 두 가지는 앞서 말한 것들보다 훨씬 빈번한 행위이면서, 동시에 사람들에게 가장 많이 보이는 모습이기도 하다. 그렇다 보니 사람들은 자연히 오른손을 쓰는 내 모습이 익숙할 수밖에 없고, 심지어 왼손잡이라는 사실을 모르는 이도 많다.

* * *

왼손잡이로서 내가 유일하게 난감해하는 순간이 하나 있는데, 그건 바로 고깃집에서 가위를 책임져야 할 때다. 언젠가 대학교 때 고깃집에서 동아리 회식을 한 적이 있는데, 교수님 두 분 그리고 팔을 다쳐 깁스를 한 남자 선배와 한 테이블에 앉게 됐다. 상황상 가위로 고기를 자르는 일은 내 담당이 됐다. 원래 가위는 날의 방향이 오른손잡이에게 적합하게 제작이 되어 있어서 왼손으로 가위질을 하면 가위가 잘 들지 않는다. 그래서 나는 늘 고기를 깔끔하게 잘라 내지 못했다. 엉성한 가위질을 수차례 반복하며 고기를 찢다시피 해야 겨우 하나 잘라 낼 수가 있다. 자르는 나도 답답하지만, 보는 사람 역시 속이 터지나 보다. 그래서 항상 주변 사람들에게 가위를 뺏긴다. 그날도 마찬가지였다.

"에휴, 한 명은 한 손밖에 못 쓰고 다른 한 명은 왼손잡이라니. 답답해서 그냥 못 보고 있겠다. 가위 이리 줘라." 역시 교수님의 인내심도 한계에 달했는지 결국 직접 고기를 자르셨다. 테이블에 젊은이가 둘이나 있는데 교수님이 자른 고기를 날름 집어먹는 것도 민망했지만, 다른 테이블에 앉은 선배들, 동기들의 눈치를 받는 것도 곤욕이었다. "고기가 목구멍으로 넘어가? 당장 가위 받아서 네가 고기 자르지 못하겠냐!" 나 역시 표정으로 답했지만, 물론 그들은 알아듣지 못하는 얼굴이었다. "저는 가위의 소유권을 박탈당했다고요. 왼손잡이라서."

이런 상황이 민망하긴 하지만 잘못되었다고는 생각하지 않았다. 단 한 번도. 교수님도 본인이 직접 고기를 잘랐다고 해서 기분 나빠하시지도 않았고, 테이블 분위기 또한 고기 맛만큼이나 좋았다. 이후에 나에게 어떤 불이익이 있었던 것도 아니다. 그저 김민영, 하면 가위질 잘 못 하는 왼손잡이 학생 정도로 기억될 뿐이다. 그래서 난 여전히 왼손으로 가위질을 한다. 굳이 고쳐야겠다는 생각도 하지 않는다. 남에게 심한 불쾌감이나 피해를 주는 행동도 아니니까. 나를 위해서가 아니라 타인을 위해 나를 바꾸는 불편과 고통을 경험해 보지 않은 사람은 절대 공감할 수 없다. 그걸 더는 나홀로 감내할 마음은 없다. 난 아마 평생 왼손으로 가위질을 하며 살 거다.

하기 싫지만 타인의 강요 때문에 어쩔 수 없이 하는 일에는 늘 내 필요에 의한 것이 아니었다는 데서 오는 괴로움이 뒤따른다. "나 힘들어"라고 온몸으로 표현해도 정작 상대는 그 고통을 이해 못 하고 대충 "그래그래, 잘하고 있어" 하며 어르고 달랜다. 그렇게 바뀌어 가는 나를 보며 상대는 매우 흡족해하지만, 정작 난 만족감은커녕 괴롭고 허탈해진다. 이런 마음을 잘 알기에, 상대와의 관계가 불편해질까 봐 나를 억압하는 불편을 선택하지 않으려고 항상 노력한다.

예전 남자친구들이 하던 공통적인 이야기가 있다. 넌 왜 그리 고집이 세냐고. 참내, 내가 어디 가서 남의 말은 듣지도 않고 내 주장만 고집하는 사람이면 억울하지도 않지. 그들은 "내가 너보다 나이가 많으니까", "넌 여자고 난 남자니까", "내가 더 사회 경험이 많잖아", "남들도 다 그래" 같은 이유를 내세우며 자기 뜻을 굽히지 않았다. 나는 그럴 때마다 말했다. "그건 내가 납득할 수 있는 이유가 아니야." 상대가 억지로 갖다 붙였던 이유들은 날 행동하게 만드는 충분한 이유가 되지 못했는데도, 그들은 내 이유 있는 고집을 억지라고 받아들였다. 어차피 깨질 수밖에 없는 관계였다. 전혀 후회하지 않는다. 친밀한 관계에 얽매여 나를 괴롭히는 걸 당연하게 여기지 않았으니까. 덕분에 나를 소중히 여기는 마음을 우선하며 상대와의 관계를 계속 이어 갈지 말지 결정할 수 있었다.

남들의 강요에 의해서가 아닌 나를 위한 선택을 내리기 위해서는 자기 고집이 필요하다. '그냥 하라면 해'라는 말 따위에 자꾸만 흔들리다 보면, 그 결정에 따른 착오나 고통을 계속해서 혼자 감당해야 한다. 아무도 이해해 주지 않고 책임져 주지도 않는다. 그럴 바에는 그 관계를 적당히 끊어 내는 게 낫지, 불편한 마음으로 불편한 행동을 해야 할 필요는 없다. 남의 이야기에 충분히 귀 기울이되 자기 생각을 가지고 판단하며, 납득이 가지 않는다면 흔들림 없이 자기 중심을 지키는 것이다. 처음에는 힘들더라도 몇 번 해 보면 불편한 관계를 이어 가는 것보다 나 자신에게 훨씬 편하다는 걸 알게 된다. 오늘부터 거울을 보며 연습하자. "나는 내가 납득할 수 없는 행동은 하기 싫어요." 필요한 순간에 자신 있게 입 밖으로 꺼낼 수 있도록.

커피

한 짬 하실래요?

~~~~~~~~~~~~~~~~

어려서부터 말하는 직업을 갖고 싶었지만 정작 나는 그
리 말이 많은 편이 아니었다. 하지만 어쩌다 사람들 앞에서 말
할 기회가 주어지는 걸 반겼고 그 순간을 즐겼다. 수줍어서
얼굴이 발그레해지고 심장은 쿵쾅쿵쾅 뛰는데도, 목소리만
은 또렷하고 말에는 힘이 실렸던 걸 보면. 자진해서 손을 들
고 발표할 용기는 없고, 대신 누가 "너도 한번 말해 봐"라고
등 떠밀어 주면, 마지못한 듯 쭈뼛쭈뼛 일어나 똑 부러지게
할 말 다 하는 그런 사람. 자신감 없는'소심한 나'와 남의 말
에 흔들리지 않으려 애쓰는 '고집스러운 나'의 콜라보로 탄생
한 '반전 있는 사람'이었다고나 할까. 말수가 적어도 꼭 해야

할 말은 하는 사람이었다. 대학생 때도, 사회 초년생 때도. 그런데 한 해 두 해 사회생활을 하면서 언제부턴가 필요한 말도 아끼는 사람이 되어 갔다.

"뭐든 괜찮으니 허심탄회하게 말해 봐"라던 상사의 말을 믿고 어렵사리 입을 떼니 그렇게 회사에 불만이 많아서 지금까지 어떻게 다녔냐고 역정을 내는 걸 들어야 했고, "브레인스토밍하자. 각자 아이디어를 내놔 봐"라던 팀장님 말에 심사숙고 끝에 겨우 말했더니 그런 쓸데없는 얘긴 해서 뭐 하냐고 창피를 줘서 무안했다. "같이 협력해서 프로젝트를 성공적으로 이끌어 보자" 하고 말하던 선배와 아이디어를 공유하니 어느새 나는 쏙 빠져 있고 모든 게 그의 공이 되어 있었다. 상사의 역정에, 팀장이 주는 수모에, 선배의 기만에 나는 속 시원히 대꾸도 못 하고 그저 혼자 상처받을 뿐이었다. 진심이라 믿었던 진심 없는 말들에 실망했고, 말에 진심을 담는 것이 점점 두려워졌다. 덕분에 입이 무거워졌다.

그런데 세상에는 입이 잔망스럽고 말의 무게도 깃털 같은 이들이 많았다. 더 놀라운 건 그런 사람들이 인정받고 회사 생활도 편하게 한다는 것. 입에 발린 말을 잘하는 사람, 상사의 비위를 잘 맞추는 사람, 내실은 없고 자기 포장만 잘

하는 사람들. 내 눈에는 뻔히 보이는데, 윗사람들은 그저 좋다고 헤벌쭉 웃고만 있는 게 영 바보 같아 보였다. 지금 같으면 '사람 보는 눈 꽝인 내실 없는 회사, 망해 버려라!' 하고 속으로 저주를 퍼붓고 말았겠지만, 당시만 해도 나는 사회생활을 시작한 지 얼마 안 된, 그야말로 때 묻지 않은 영혼이었다. '사회생활은 원래 다 이런 건가.' '이게 어른들의 회사 내 생존법인가.' '남들 눈에 내가 그렇게 만만한가.' '내 행동이 인격 모독을 받을 정도로 하찮았나.' 머릿속이 늘 시끄러웠다.

"야, 짬밥 있는 사람을 상대할 땐 짬이 필요한 거야. 팀장한테 커피 한잔하자고 해 봐." 친하게 지내는 언니가 내 하소연을 듣더니 한참 만에 입을 뗐다. 자기 생각에 반하는 의견에는 비난을 퍼붓고, 자기 멋대로 팀원들을 판단하고 오해하며 말과 행동으로 상처 주는 상사 앞에서 그저 입 닫고 묵묵히 일만 열심히 해선 달라질 게 없다고 했다. 그러다 할 말 못 해서 속병 나고, 듣기 싫은 말 계속 듣다가 화병 나는 것밖에 더 있냐고.

아니, 언니! 아무리 그래도, 일부러 짬을 내서 저 속 좁고 까칠한 번데기 같은 팀장이랑 얼굴을 마주하고 둘이 커피를 마시라고? 사람들 앞에서 팀원들 면박 주고 구박하는 팀장과의 독대라니. 둘이 있으면 이때다 싶어 또 얼마나 많은 잔소리 폭탄을 늘어놓을지 상상도 하기 싫었다. "남의 일이라고 너무 쉽게 얘기하는 거 아니야?" 하고 따져 물으니, 효과는 자기가 장담한다며 꼭 한 번 해 보라고 했다.

여러 날 망설이기만 하다가, 겨우 용기를 냈다. 점심을 먹고 나른해지는 오후 세 시쯤, 팀장에게 가서 "저랑 커피 한 잔하시겠어요?"라고 말을 꺼냈다. 얼굴이 벌게지고 심장이 마구 뛰었다. 그도 예상치 못한 내 말에 놀란 얼굴을 서둘러 감추고 허허, 헛웃음을 지어 보였다. 그렇게 숨 막히는 커피 한 짬이 시작되려는 찰나, 그가 먼저 "요즘 힘들지"라는 말을 꺼내며 나를 다독이는 게 아닌가. 그러곤 걱정과 달리 이야기가 술술 풀렸다. 짬을 만든 건 나인데, 대화를 주도한 건 의외로 팀장님이었다. 늘 뾰족하기만 했던 그의 말에서 가시가 사라졌고, 거품 같던 의미 없는 말 대신 속마음이 담긴 말이 오갔다.

한 시간의 회의보다 단 20분의 짬이 훨씬 의미 있었다. 고집불통에 사사건건 트집만 잡는다고 생각했던 그의 행동에도 나름의 이유가 있었다는 걸 알았고, 켜켜이 쌓여 있던 자질구레한 오해들을 털어 냈다. 물론 짧은 대화 한 번으로 팀장님이 나와 팀원들의 의견에 귀를 기울이는 배려의 아이콘이 됐다는 건 당연히 거짓말이다. 그 후로도 역시 혼자 말자루를 쥐고 흔드는 건 여전했지만, 전에 없던 아주 약간의 이해와 배려가 엿보였다. 아니, 그가 변해서라기보다 내 마음에 딱 그만큼의 짬이 생긴 건지도 모르겠다. 어쨌든 마음은 훨씬 편해졌다.

'진심은 통한다'는 말을 맹신할 만큼 순진하지도 않고, '가는 말이 고우면 오는 말이 곱다'는 말에 제대로 뒤통수도 맞아 봤다. 그렇다고 해서 사회생활이나 인간관계에서 늘 참기만 할 필요도 없고, 반대로 늘 비장해질 필요도 없는 것 같다. 원만한 관계 유지를 위해 늘 최선을 다하고 노력한다고 해서 그 관계가 끈끈해지고 오래갈 수 있을까? "언제나 당신을 신경 쓰고 있어요. 당신도 나를 좀 봐 주세요"라는 관계보다 "문득 생각나서 연락했어", "저녁에 짬이 날 것 같은데 우리 잠깐이라도 얼굴 좀 볼까?"라는 연락이 더 반갑다. 그만큼 상대가 나를 생각하는 마음이 더 크게 느껴지지 않는가.

잠깐의 짬이나 틈을 내어 주고받는 공감의 힘은 생각보다 크다. 관계에 있어서 중요한 건 '동감'보다는 '공감'이다. 상대가 나와 100퍼센트 일치하는 의견을 갖길 기대하면 갈

등이 생기기 쉽고 그 관계는 작은 사건 하나로도 깨지기 마련이다. 하지만 서로의 생각에 동감하지 않더라도 공감은 할 수 있다. 공감을 하면 상대를 이해할 수 있게 되고 그 사람을 받아들일 수 있게 된다. 어쩌면 사람들이 외로움 또는 소외감을 느끼는 건 관계에 있어 대화는 있지만, 공감은 부족하기 때문 아닐까.

커피 한 짬 전술로 덕을 본 친구가 있다. 면접을 보러 갔는데 면접관이 "만약 당신이 입사해 일을 하다가 팀장과의 의견 충돌로 갈등이 생긴다면 어떻게 대처하겠습니까?"라고 물었다고 한다. 친구는 이렇게 답했다. "일단은 제 의견을 피력하고 최대한 설득을 해 보겠지만, 그래도 안 된다면 일단은 저보다 경험이 많은 팀장님의 의견을 따르겠습니다. 그리고 이후에 따로 커피 한잔하자고 말씀 드리고 솔직한 이야기를 나눠 보겠습니다." 결과는 합격이었다. 나중에 알고 보니 면접관이었던 남자 팀장은 여자 팀원들과의 관계에서 애를 먹고 있었는데, 내 친구의 커피 한 짬 전략을 상당히 마음에 들어 했다나 뭐라나. 그만큼 관계에 있어 짬이 중요하지만, 선뜻 짬을 갖자고 제안하긴 쉽지 않다.

사람은 다 비슷하다. 누군가 나를 이해해 주길 바라고

공감해 주길 원한다. 속마음을 털어놓고 편견이나 오해 없이 상대를 있는 그대로 바라봐 줄 수 있는 여유, 커피 한 짬이 필요한 이유다.

안경 쓰는
여자들

～～～～～

　한 여자 아나운서가 안경을 쓰고 TV 뉴스를 진행해 하루 종일 포털 사이트의 실시간 검색어 순위에 올라 있었다. 그게 뭐 그렇게 대단한 일이라고 기사까지 쏟아지는 거냐고 말하는 이들도 있었지만, "어? 그러고 보니 안경 쓰는 남자 아나운서는 있어도 여자 아나운서는 본 적이 없네" 하고 현실을 새롭게 인지하게 됐다는 이도 있었다. 나는 예전에 방송 일을 하던 시절, 같이 프로그램을 했던 아나운서를 오랜만에 떠올렸다. 그녀는 매일매일 뉴스를 진행하는 이른 아침부터 늦은 오후 프로그램이 끝날 때까지 장시간 콘택트렌즈를 착용해야 했다. 진한 눈 화장까지 하니 눈은 더 뻑뻑해지고 가끔 화장품 가루가 날려 눈에 들어갈 때면 아파서 눈물을 줄줄 흘렸다. 그녀는 눈이 불편해 안과에 다녀오고 나서도 곧 있을 방송 때문에 당연한 듯 렌즈를 눈에 욱여넣었다.

안경 쓴 여자 아나운서가 없다는 것에 내가 처음 의문을 갖게 된 건 고등학생 때였다. 아나운서라는 꿈 하나에 의지해 힘든 수험 생활을 버티던 시절, 아나운서들은 다 눈이 좋은 건가, 아니면 나처럼 시력이 좋지 않은 사람은 아나운서가 될 수 없는 건가. 머릿속에 심각한 고민들이 오갔다.

그 후, 대학 졸업을 앞두고 본격적으로 아나운서 준비를 하면서 알게 됐다. 여자 아나운서가 안경을 쓰면 안 된다는 규정은 없지만 관행처럼 어느 누구도 안경을 쓰지 않는다는 것. TV에 한 번 나오기 위해 한 시간 넘게 머리 손질과 메이크업을 받는다는 것. 남자 아나운서는 나이가 들수록 자리가 굳건해지는데 여자 아나운서는 젊은 시절 반짝 빛을 발하고 뒤로 물러나야 한다는 것. 이런 현실을 알고 나니 여자 아나운서를 '방송의 꽃'이라고 부르는 게 불편하게 다가왔다. 진실함, 공정함, 전달력 같은 능력보다 외적으로 화려하고 아름다워야 하는 것에 치중되어 있는 사회적 시선이 아나운서 지망생으로서 유쾌할 리 없었다.

안경 쓴 여자가 환영받지 못하는 건 방송계만의 일이 아니었다. 졸업을 앞두고 하루에도 몇 번씩 드나들던 취업 관련 온라인 커뮤니티에도 안경에 관한 질문이 자주 올라왔다. "저는 여자인데 면접을 볼 때 안경을 껴도 괜찮을까요?" 심지어 안경이 더 잘 어울리는데, 또는 렌즈를 끼는 게 너무 불편한데 면접 때 꼭 안경을 벗어야만 하느냐는 질문도 많았다. 댓글의 20퍼센트 정도만 자연스러운 게 좋으니 안경을 쓰라는 의견이었고, 안경을 쓰지 않는 게 좋겠다는 답변이 나머지 80퍼센트였다. 면접장에 안경을 끼고 오는 여자는 한 명도 없었다느니, 취업 담당자가 면접 때 여자는 안경 말고 렌즈를 끼라고 말했다느니, 안경 쓴 여자는 이미지가 좋지 않다느니……. 안경은 여자들을 주눅 들게 했다.

난 초등학교 때부터 눈이 나빠 쭉 안경을 써 왔다. 안경을 벗고 처음 렌즈를 착용하기 시작한 건 대학교 3학년 때. 그 당시 캠퍼스를 둘러보면 안경을 끼는 여학생은 거의 없었다. "넌 왜 렌즈 안 껴?" 내가 안경 쓰는 걸 의아해하는 질문들이 끊이지 않았다. 큰맘 먹고 렌즈를 맞춘 뒤 처음 학교에 갔을 때 평생 받을 외모에 대한 칭찬을 그때 다 받았지 아마. 그때부터 안경은 뒷전으로 밀렸다. 시력 교정술 같은 건 겁이 나 시도할 엄두조차 못 냈고, 외출할 때마다 당연하게 렌즈를 찾았다. 자연스럽게 화장에도 공을 들이게 됐다. 그러다 얼마 안 가 안경을 쓰고선 한 발짝도 밖을 나서지 않을 정도로 안경과 멀어졌다. 오죽하면 새벽까지 이어진 회식이 끝나고 집에서 잠깐 눈만 붙이고 출근하는 상황에서도 피곤에 절어 빨갛게 충혈된 눈에 무자비하게 렌즈를 쑤셔 넣었을까.

안경을 쓰지 않은 모습이 안경을 쓴 것에 비해 몹시 차이가 날 정도로 예뻐서도 아니고, 회사 사람들에게 외적으로 더 나은 모습을 보이고 싶은 이유도 아니었다. '안경 쓴 여자' 뒤에 따라붙던 몇몇 사람들의 유쾌하지 않은 말들이 생각나서였다. "안경 쓴 여자는 별로야." "요즘 왜 안경을 쓰고 다녀? 어디 안 좋아?" "안경은 왜 썼어. 예쁜 얼굴 다 가리잖아." "걔는 못생겨서 안경으로라도 좀 가리고 다녀야지." "안경 낀 여자들은 답답하고 고리타분하잖아?" 여성에 대한 평가에 실력뿐만 아니라 외모나 외적인 이미지까지 고려되는 현실을 생각하면, 마음 편히 안경을 착용하기가 어렵다.

회사를 그만두면서 다시 안경을 끼는 날이 늘었다. 회사를 다닐 땐 내내 렌즈를 낀 채 컴퓨터를 보며 일하다 보니 눈이 시큰거리고 시야가 뿌옇고 머리까지 지끈거릴 때가 많았는데, 역시 안경을 끼니 눈이 훨씬 편하고 책을 보거나 컴퓨터를 할 때 집중도 더 잘 된다. 하지만 여전히 사람들을 상대할 땐 안경을 쓸지 말지 고민한다. 안경을 걸치고 나가면 괜히 자신감도 떨어지고 사람들의 시선을 의식하게 된다. "시력이 좋지 않은 여성분들, 다들 어디 계신 건가요? 안경, 다들 숨어서만 쓰지 말고 사람들 앞에서 당당히 끼고 다닙시다!" 하고 속 시원히 외치고 싶다.

이렇게 말은 하지만 쑥스러워서 혼자는 못 외칠 것 같고, 함께 외칠 수 있는 든든한 안경 동지들이 늘어났으면 하는 게 솔직한 심정이다. 안경을 착용하고 뉴스를 진행한 여자 아나운서가 반가웠던 이유도 그 때문이다. 그녀는 인터뷰를 통해 "안경을 착용하니 매일 붙이던 인공 속눈썹을 하지 않는 등 메이크업을 최소화하게 됐고 메이크업 시간이 단축되면서 뉴스 준비에 더 집중할 수 있었다"고 말했다. 다들 이 한마디를 가벼이 흘려버리지 않았으면 좋겠다.

여성이 본인의 의지로 떳떳하게 안경을 쓰고 벗을 수 있는 때가 어서 왔으면 좋겠다. 남의 이목에 대한 부담을 내려놓고 해야 할 일에 온전히 집중할 수 있는, 능력과 실력으로 정당하게 평가받을 수 있는 날이 오기를 기대해 본다.

~~~

누군가를 좋아하는 속마음을 털어놓고 싶지만, 떨리고 두려운 마음에 차마 고백하지 못할 때, 눈앞에 그 사람 얼굴이 아른거리고 시종일관 귓가에 그 사람의 목소리가 맴돌 때. 딱 봐도 중증 상사병 상태다. 상대도 나를 좋아하는 것 같기도 하고, 나 혼자만의 착각인 것 같기도 하고, 사소한 행동 하나에도 의미를 부여하며 온탕과 냉탕을 들어갔다 나왔다 하는 마음은 또 어떤가. 사랑 고백은 못 하고 그 사람 주변을 맴돌며 끙끙 앓고 있는 그 마음이 얼마나 애가 탈까.

제대로 연애를 시작하려면 사랑 고백은 필수다. 물론 고백하고 난 뒤의 상황을 예측할 수 없어 누구나 주저하고 망실일 수밖에 없지만, 둘 중 한 명은 반드시 용기를 내 고백을 해야 한다. 고백까진 아니더라도 최소한 그 사람을 좋아하는 티라도 내 줘야 상대도 좋으면 좋다, 싫으면 싫다 마음을 표현할 수 있다. 가장 안타까운 건 두 사람 다 서로에 대한 호감이 있는데 먼저 자기 마음을 내보이기가 겁이 나 꽁꽁 숨기는 경우. 그러면 불행히도 두 사람은 그들을 주인공으로 한 각기 다른 소설을 써 내려 가다가 결국 새드 엔딩이란 공통적인 결말로 마침표를 찍는다.

나도 인생에서 한때 새드 엔딩만 전문으로 한 소설을 줄줄이 써 본 적 있는 베테랑 작가다. 훌륭한 자질인 수줍음 많고 소심한 성격 덕분이었다. 먼저 고백은 못 해 봤어도 먼저 마음을 접는 건 수십 번이나 해 봤고, 좋아하는 마음을 은근슬쩍 보여 주기는커녕 나를 향한 상대의 마음이 어떤지 떠보기만 했다.

대학생 때 알고 지내던 동갑내기 남학생이 있었다. 수업 몇 개가 우연히 겹치긴 했지만 각자 어울리는 친구들이 달랐고 물과 기름이 분리되듯 남자, 여자가 섞여 앉는 일도 거의 없었다. 그런데도 신기하게 우린 친해졌다. 여러 사람들이 다

같이 있을 때는 그저 데면데면 인사 정도만 나눴는데, 어느새 따로 연락도 자주 하고 종종 만나 밥도 먹는 사이가 되었다. 둘 다 크게 떠들썩하지 않고 조용하고 차분한 성향이어선지 오히려 금세 친해졌다.

친구들 속에 섞여 있을 때 마주치면 나눴던 "안녕"이라는 딱 두 글자 인사가, 언제부터 슬쩍 들었다 내려놓는 손 인사로 바뀌었고, 그다음엔 찡긋 웃는 눈인사가 됐다. 사귀는 것도 아니면서 마치 비밀 연애라도 하는 양 남들 앞에서 점점 비밀스러워졌다. 사람들의 시선 밖에서 평소보다 연락이 잦아졌고 같이 밥을 먹는 횟수도 늘어났다. 학교 앞 백반 집에서 만나던 것도 파스타 집에서의 만남으로 바뀌었다. 별다를 바 없는 서로의 일상을 궁금해했고, 알고 지내는 이성 친구들을 부쩍 신경 썼다.

그러던 어느 날, 그날은 왠지 평소와는 분위기가 달랐다. 그가 중요한 말을 꺼낼 것만 같은 느낌이 왔다. 평소 외출 준비 시간보다 훨씬 긴 시간을 투자해서 화장을 하고 머리를 손질하고 예쁜 옷을 골라 입었다. 그냥 그래야 할 것 같아서. 잔뜩 긴장한 듯 보이는 그 친구를 향해 부드러운 미소와 눈빛을 보냈다. '난 너의 어떤 말도 다 수용할 수 있으니 말해 봐' 하는 것처럼. 눈치를 챘는지 아닌지, 어쨌든 그 아이가 겨우 입을 떼고 비장하게 말했다.

"내가 좋아하는 사람이 있는데 그 사람도 나를 좋아하는지 잘 모르겠어. 그 사람이 고백해 주면 좋을 텐데." 응? 뭐라고? 사실 그날 난 고백을 받을 걸로 확신했었다. "널 좋아해"라는 말을 들을 줄 알았지, 좋아하는 사람이 있다는 말이나 자기도 고백을 받고 싶다는 말을 들을 줄은 몰랐다. 황당해서 머릿속이 하얘졌다. 그 와중에도 내가 고백을 받아야지, 먼저 고백을 할 순 없다는 확실한 철학 아닌 철학을 고집했던 나는 "그 사람이 혹시 나야?", "내가 먼저 말할게. 나 너 좋아해" 같은 저돌적인 말 한마디를 못 했다. 둘 다 무슨 수수께끼라도 하듯, 빙빙 돌려 묻고 이도 저도 아닌 대답만 하는 통에 어지러워 현기증이 날 지경이었다.

그는 마지막에 친한 친구들과의 모임에 각자 여자친구를 데려오기로 했는데, 나한테 같이 가 줄 수 있냐고 물었다. 기대와 다른 황당한 전개에 이미 실망할 대로 실망한 나는 "누군지 모르겠지만, 그 여자한테 같이 가 달라고 해"라는 뾰족한 말조차 입 밖으로 꺼내질 못했고, 그저 나중에 답하겠다고 하고 헤어졌다. 그러고는 씩씩대며 친구와 통화를 했다. 뭔 남자가 그렇게 용기가 없냐고. 자기 마음도 표현 못 하는 소심한 남자는 매력 없으니 그만 끝낸다고. 해피 엔딩 일 줄 알았던 소설에 그날 또다시 슬픈 마침표를 찍었다.

그게 벌써 10년도 더 지난 일이다. 참 한심하다. 그가 아 니라 내가. 나도 용기 내지 못했으면서 상대에게만 용기를 강 요했다. 내 마음을 알아챌 수 있도록 힌트 하나 주지 않고 까 칠하게 굴면서, 상대방이 나를 좋아하는 마음을 무럭무럭 키 워 표현해야 한다고 생각했다. 그 역시 나 못지않게 수줍음 많고 생각이 많았다는 걸 이해해 주지 못해 미안하다. 우린 둘 다 결정적인 말 한마디를 상대가 대신해 주기만을 바랐 다. 상대가 좋아한다는 말 한마디를 먼저 해 주면 "사실 나도 그래" 하고 받아들일 준비만 하고 있었다.

더욱이 나는 내 마음을 들키는 게 부끄러워 오히려 상대 가 알아차리지 못하게 감추고만 있었다. 그 남자 입장에서는 내 마음이 어떤지도 모르는 상태에서 먼저 고백하는 건 맨땅 에 헤딩하는 기분이었을 거다. 이전에 『사랑이라니, 선영아』 란 소설을 읽었다. 특별히 남는 내용이 있었다. "사랑한다"는 말은 '나는 네가 어떤 사람인지 알지 못하지만 내가 먼저 누 구인지를 보여 주겠다. 이번에는 네가 너를 보여 줄 차례'라는 뜻이라고 하는 부분이었다.

　"사랑해"라는 말이 어려웠던 이유는 마음을 상대에게 확인받는 것 같았기 때문이다. "너의 마음에 나를 받아들여 줄 수 있겠니?" 하고 허락받는 것이라고 생각했다. 거절이 두려울 수밖에 없었다. 나 혼자 키워 온 소중한 마음이 상대에게 받아들여지지 못하고 버림받을까 봐. "사랑해"라는 말을 함과 동시에 둘 사이의 결정권이 상대에게 넘어간다고 생각해 고백이 어려운 거다. 하지만 소설 속 말처럼 "사랑해"라는 말을 '내가 누구인지 먼저 보여 줄게. 너도 이제 너를 보여 줘'라는 의미로 생각한다면 어떨까. 관계의 결정권을 상대에게 넘기지 않고 내가 주체적일 수 있다. 상대가 마음을 열면 그 사람의 마음을 적극적으로 들여다보면 되고, 상대가 마음을 열지 않으면 내 마음을 닫으면 된다.

　그러고 보니 사랑을 하든 새로운 사람을 만나든, 나는 먼저 마음을 열지 않는 사람이었다. 상대가 내게 호의적인지 아닌지 알고 나서 내 마음을 열지 말지 결정하려 했다. 이런 행동은 관계의 주도권을 상대에게 넘기는 것과 같아서, 난 언제나 상대의 결정을 기다리며 혼자 상상하고 불안해하는 쪽이었다. 그렇게 상대의 간만 보다가 심적으로 지쳐 혼자 관계를 끝내기도 했다.

 "사랑해" 하는 사랑 고백은 먼저 해 보지 못했지만, 누군
가에게 내가 어떤 사람인지 먼저 보여 줄 수 있는 용기만큼
은 꼭 갖고 살아갈 것이다. 나를 투명하게 내보인 다음 상대
와 관계를 이어 갈지 끊을지 내 손으로 결정할 수 있게 되면,
원치 않는 관계에 질질 끌려 다니느라 감정을 소모하는 피곤
한 일은 훨씬 적어질 테니까.

주고받는 마음에
고마움을 더하는 일

~~~~~~~~~~

　한때 출판사에 다니며 월간지 만드는 일을 책임지는 편집자로 살던 때가 있었다. 지금은 만드는 일은 하지 않고 철저히 월간지를 구독하는 사람으로서의 삶을 산다. 관심 있는 분야의 잡지를 정기 구독하면 매달 같은 날 흥미로운 글들을 받아 볼 수 있다는 건 참 매력적인 일이다. 물론 매달 같은 날 독자들에게 내보일 월간지를 만드는 건 피 말리는 일이지만.

　월간지를 만들 땐 늘 남들보다 시간을 더 빠르게 사는 것 같았다. 매달, 그다음 달의 월간지 작업을 하면서 한 달을 보내기 때문이다. 7월엔 8월호 잡지를 만들며 8월을 미리 맛보았고, 8월엔 9월호 잡지를 만들며 9월 한 달을 끌어다 살았다. 발주 전 2주는 특히 긴장감이 넘쳤다. 일정을 맞추기 위해 아침부터 밤까지 하루를 빈틈없이 꽉꽉 채우며 일했다. 작업을 최종 완료하고 "드디어 마감이다!" 외치고 숨 좀 돌리다 보면, 금세 또다시 찾아오는 다음 호 작업 기간. 그야말로 숨 돌릴 틈 없는 고단함의 연속이었다.

그렇게 마감에 쫓기던 내가 이제는 마감을 기다린다. 이번 달 잡지를 다 읽고 나면 다음 달 잡지를 만나겠구나, 하는 기대감을 안고. 독자가 갖는 특권은 한 달이라는 기간 동안 너무 느리지도 너무 빠르지도 않게, 틈을 두고 글을 읽어 내려가며 나름대로 호흡을 조절할 수 있다는 것이다. 가끔 너무 재미있어서 읽어 넘긴 종이의 두께를 가늠하지 못하고 계속해서 후루룩 책장을 넘기다 보면, 다음 월간지를 받기까지 아직 한참인데 턱없이 적게 남은 페이지를 마주하게 된다. 잡지를 만들 때와 다르게 잡지를 읽을 땐 서두름은 금물이다. 빨리 읽어 버리면 그만큼 기다림이 더욱 길어지기 때문. 한 권을 다 읽고 훈훈해진 마음이 식기 전에 다음 달 잡지로 살포시 온기를 얹을 수 있도록, 속도를 잘 조절해 가며 읽어야 한다. 그야말로 숨 돌릴 틈 없는 기대감의 연속이다.

잡지를 만들 때 나는 날이 서 있는 사람이었다. 180페이지를 채울 20여 개의 세부적인 코너를 기획할 때면, 그림을 그리기 전 빈 도화지를 마주했을 때만큼이나 막막한 기분이 들었다. 각자가 생각해 온 아이템을 책상 위에 살포시 올려놓으면 시의성, 참신함, 재미, 유익함 등을 수치로 바꾸어 물고 뜯었다. 그중 절반의 아이템만이 살아남고, 나머지는 또같은 과정을 처음부터 반복해야 했다. 그러기 위해선 계속 무언가를 뒤져야만 했다. 신문을, SNS를, 다른 잡지를, 인터넷 기사를. 그렇게 우여곡절 끝에 기획을 했으니 글에도 힘이 잔뜩 들어갔다. 잘 쓰고 싶은 욕심이 가득 차 있었다.

지금은 잡지를 열 때면 한없이 뭉툭한 사람이 된다. 무언가를 치열하게 찾아 나서지 않아도 같은 주제에 대한 다양한 관점의 이야기, 참신한 아이템, 에디터들의 색깔 있는 글을 만나 볼 수 있는 것에 늘 감탄한다. 누군가의 치열함이 한 권의 잡지에 꾹꾹 눌러 담긴 것을 읽는 것만으로도 유행에 민감하고 감각적인 사람이 되는 듯해 신이 난다. 꼭 나를 위해 쓴 것 같은 글을 만날 때면, 얼굴도 모르는 글쓴이의 이름을 기억하며 나 혼자 그와 가까워진 기분을 느낀다. 욕심을 쏙 뺀 담백한 글이 좋다. 그런 글은 나도 무언가를 생각하고 쓰고 싶게 만드니까.

매달 집으로 찾아오는 잡지에서 치열했던 옛 기억을 함께 읽는다. 만드는 이와 즐기는 이의 마음을 모두 안다는 건 매우 짜릿한 일이다. 만드는 사람일 땐 잡지의 무게는 종이 뭉치의 무게, 딱 그만큼이라고 생각했는데, 만드는 사람에서 읽는 사람이 되고 나니 그 무게가 감히 짐작도 가지 않는다.

　사람 사이의 관계에 있어서도, '받는 사람'의 입장에서 '주는 사람'의 마음을 헤아리는 사람이 되려고 노력하지만 마음처럼 쉽지가 않다. 양쪽의 마음을 모두 알면 오고 가는 마음에 고마움의 무게를 얹을 수 있을 것 같은데, 왜 이상하게 줄 땐 주는 마음만, 받을 땐 받는 마음만 커지는지 모르겠다.

Part 4

남과
비교하지
않기

자기만의
속도

~~~~~~

걸음걸이에도 사람마다 개성이 있다. 누구는 터벅터벅, 또 다른 누군가는 총총총, 어떤 이는 스르륵스르륵, 뒤뚱뒤뚱, 팔랑팔랑. 다들 자기만의 리듬과 각도, 속도에 맞게 걷는다. 낯선 번호로 걸려 온 전화지만 "나야" 하는 낯익은 목소리에 금세 누군지 알 수 있는 것처럼, 거리에서 걸음걸이만 보고도 그 사람인 걸 알아챌 때면 기분이 좋다. 걷는 모양새를 기억할 정도로 친밀한 사이라는 걸 확인한 것 같아서.

반대의 경우도 있다. 회사에서 뒤통수 뒤로 들려오는 발소리에 온 신경을 집중할 때가 있다. 동료들과 메신저로 회사에 대한 불만이나 상사 욕을 하고 있을 때. 저벅저벅, 익숙한 상사의 발걸음을 귀신같이 알아채고 서둘러 대화창을 내린다. 점심시간 상사와 같은 식당에서 같이 밥 먹는 걸 피할 때도 걸음걸이가 필요하다. 멀리서 걸음걸이를 잘 봐 뒀다가 상사의 위치를 파악한 뒤, 어떤 식당으로 들어가는지 주시한 다음 그 식당만 피하면 되니까. 피하고 싶은 사람의 걸음걸이도 기억해 두면 이렇게 도움이 된다.

그런데 대부분의 사람들은 정작 자기 자신이 어떤 모습으로 걷는지 잘 모르는 경우가 많다. 어쩌다 전신 거울을 앞에 두고 걸어 볼 때면, 자기 목소리를 녹음해서 들어 볼 때만큼이나 낯설고 어색하다. 잘은 모르겠지만 지인들의 증언을 들어 보면 아무래도 난 좀 헐렁헐렁하게 걷는 것 같다. 느린 걸음, 힘을 툭 빼고 무심히 땅에 내려놓는 발, 오른발보다 약간 더 바깥쪽으로 향한 왼쪽의 각도. 이런 특징들을 종합해보면 그렇다. 의식적으로 뚜벅뚜벅 걸어 보려 해도 불편하기만 하다. 별 신경 쓰지 않고 익숙하게 헐렁헐렁, 그냥 그렇게 걷는 게 편하다.

혼자 걸을 때면 내가 걷고 싶은 대로 헐렁헐렁 천천히 걸으면 되는데, 문제는 함께 걸을 때다. 다른 사람의 빠른 속도에 맞추려고 나답지 않게 팔랑팔랑 빠르게 걷는 날이면, 함께 걷고는 있지만 우리 사이에 오가는 대화에 온전히 집중하기가 힘들다. 끌려가듯 상대의 속도에 맞춰 걷다 보면 걸음걸이도 영 어색해지고 밤이 되면 다리가 욱신거린다. 반대로 나보다 느린 속도에 맞추기 위해 더 느리게, 슬금슬금 걸어야 할 때도 있다. 그럴 땐 대화도 왠지 늘어지는 것 같고 지루하게 느껴진다.

누구 한 사람도 걷는 속도를 양보하지 않고 자기 속도와 걸음걸이를 고수하다 보면 상처받는 사람이 생기기도 한다. 뒤처진 사람은 저만큼 앞서가는 사람의 뒤통수를 보며 마음이 급해지고, 앞선 사람은 뒤처진 사람이 왜 쫓아오질 못하는 건지 답답해한다. 벌어진 격차만큼 골이 깊어진다.

그래서 난 걷는 속도가 비슷하거나, 아니면 서로 자기 속도를 부담스럽지 않은 선에서 양보하며 각자의 걸음걸이를 지켜 가며 호흡을 맞춰 나갈 수 있는 사람이 좋다. 그런 점에서 자기만의 속도를 아는 건 매우 중요하다. 남들이 나를 제치고 빠르게 지나쳐도 조급해하거나 흔들리지 않고 편안하게 걸을 수 있고, 누군가와 호흡을 맞춰야 할 땐 어느 정도까지 속도를 양보해야 다리에 무리가 생기지 않는지 알 수 있으니까.

누구에게나 자기만의 속도와 자세가 있다. 걸을 때, 여행을 할 때, 집안일을 할 때, 글을 쓸 때, 새로운 일을 시작할 때, 익숙한 일을 할 때, 목표한 일을 해 나갈 때. 자기 속도를 모르고 무작정 남의 속도를 따라가면 경험상 그 여정은 즐겁지 않았고 몸과 마음에 무리가 왔다.

나는 걸음은 느리지만, 목표한 일을 해 나갈 때만큼은 속도가 빨랐다. 무작정 속도를 높였다. 내가 해낼 수 있는 적당한 속도를 몰라서였다. 남들보다 뒤처지지 않기 위해 무조건 내달렸다. 열심히 하는 건 곧 남들과의 속도 경쟁에서 이기는 걸 의미하는 줄 알았으니까. 마음이 달리는 속도는 늘 일을 처리하는 속도보다 더 빨랐다. 항상 조바심이 났다. 더 빨리, 더 열심히 해야 돼. 더 잘 해야 돼. 나보다 속도가 느린 사람을 볼 때면 내 열정의 크기도 그 사람보다 크다고 생각하며 자만했다.

그렇다고 해서 결과가 늘 좋은 건 아니었다. 경주마처럼 앞만 보고 내달리던 나는 쉽게 지쳐 쓰러졌다. 몇 번이고 넘어졌다 일어났다 하는 동안 나보다 느리게 가던 사람이 오히려 나를 앞서 나가기도 했다. 느리다고 해서 열정이 부족한 게 아니었다. 그들은 느린 게 아니라 자기 모습을 유지하며 갈 수 있는 자기만의 속도를 알고 있는 것이었다.

무작정 빠르게 내달리던 내 삶에 제동을 걸었다. 내 속도대로 묵묵히 가 보기로 했다. 내 속도가 빠른지 느린지는 혼자서는 절대 알 수 없다. 걷는 속도를 파악할 때처럼 남들과 비교해 봐야 한다. 대신 이젠 앞서가는 사람보다 뒤처졌다고 불안해하지 않고 뒤처진 사람보다 앞선다고 우쭐하지 않는다. 앞서거니 뒤서거니 하며 어떤 속도에서 내가 편안한지 발견해야 하니까. 걸을 때는 헐렁헐렁, 새로운 일을 시작할 땐 팔랑팔랑, 글을 쓸 땐 쪼르르르, 그림을 그릴 땐 어슬렁어슬렁. 그렇게 차근차근 내 속도를 발견하고 나만의 여정을 즐겨 보려 한다.

보이는 만큼의
행복

~~~~~~~~~

언니와 홍콩 여행을 다녀온 친구가 화를 가라앉히지 못하고 씩씩대며 말했다. 언니와는 두 번 다시 같이 여행을 가지 않겠다고. 여행 전까지만 해도 언니와 여행 가서 입을 옷을 사러 다니고, 언니가 현지인들만 아는 숨은 맛집을 찾아냈다고 자랑하며 전에 없던 깊은 자매애를 보여 주던 그녀였다. 그땐 몰랐다. 여행을 다녀와서 이렇게 원수처럼 으르렁댈줄은. 이유를 들어 보니, 여행 내내 SNS에 올릴 사진을 찍고 고르고, 시도 때도 없이 사진을 올리고, 실시간으로 반응을 체크하며 댓글을 다는 언니에게 심통이 난 거였다. 여행의 즐거움을 함께 나누기는커녕 자긴 소외감만 느꼈다고.

분노로 가득 찬 그녀가 전한 언니의 모습은 이랬다. 밥을 먹기 전, 사진을 수십 장 찍고 보기 좋게 보정을 한 후 SNS에 올리느라 바빠 음식은 입으로 들어가는지 코로 들어가는지 모른다. 이동할 때도 SNS에 올릴 사진을 고르거나 게시한 사진에 달린 댓글에 답하느라, 동생이 말을 걸어도 제대로 대꾸도 안 한다. 또 한 장소에서 수십 번 포즈를 바꾸며 사진을 찍어 달래서 찍어 줬더니, 고맙다는 말 대신 사진을 이렇게밖에 못 찍느냐며 불같이 화를 낸다.

　　이런 언니 때문에 자기는 갓 나온 뜨끈뜨끈한 음식 대신 찬 기운이 약간 내려앉은 눅눅해진 음식을 먹어야만 했고, 여행지에서 꼭 봐야 할 것들에 집중하는 대신 만날 보는 언니의 모습을 카메라 프레임을 통해 더 많이, 지겹게 들여다봤으며, 언니 때문에 계획했던 일정이 늦어지는 탓에 여유를 즐기기는커녕 회사에서 빠듯한 업무 일정을 맞출 때처럼 쫓기는 기분이었다고 했다. SNS 사진 속에선 여행의 즐거움에 푹 빠진 행복한 여행자의 얼굴을 하고 있으면서, 자기와 여행하는 중에는 툴툴대며 얼굴을 찌푸리고 있는 언니를 보면서 핸드폰을 집어던지고 싶은 마음을 겨우 참았단다. 언니는 자기와 여행하는 게 아니라 SNS 친구들과 여행하는 것 같았고, 딱 봐도 설정된 사진이고 과하게 수정한 사진들인데 사람들은 왜 그렇게 언니에게 호응해 주는 건지 모르겠으며, 여행지에서는 여행에만 집중할 수 있도록 SNS를 금지하는 법이라도 만들고 싶다고. 그렇게 한참 동안 울분을 토했다.

차마 그 자리에선 말할 수 없었다. 친구의 말대로라면, 나 역시 그녀의 언니와 함께 홍콩 여행을 즐긴 SNS 친구 중 한 명이었다. 나를 포함한 많은 사람이 하트와 댓글로 부러움의 흔적을 남겼다. 하지만 그렇다고 해서 우리가 사진 속 그녀의 행복을 함께 공유한 건 아니었다.

누군가에게 들었던 말이 떠올랐다. 남의 SNS는 스스로 행복하다고 느낄 때만 보는 게 정신 건강에 좋다고. 하필이면 그때 난 그렇지가 않았다. 친구와 언니가 여행지에서 시간을 보내고 있는 그날도 난 써야 하는데 마음처럼 써지지 않는 글을 몇 시간째 붙잡고 골머리를 썩고 있었다. 그럼에도 불구하고 종종 SNS로 남들의 행복한 순간을 훔쳐보는 일만은 빠트리지 않았다. 무의식중에 하는 버릇 같은 것이다.

이국적인 풍경과 맛있어 보이는 음식에, 근심 하나 없는 듯 활짝 웃고 있는 친구 언니의 얼굴은 참 좋아 보였다. 그 언니뿐만이 아니다. 선물로 받았다는 고가의 가방을 무심한 척 커피와 디저트가 놓인 테이블에 같이 올려놓고 찍은 친구, 남들이 부러워할 만한 화려한 인맥을 자랑하는 선배, 허구한 날 자기 얼굴 사진만 올리는데도 수많은 하트와 댓글을 받는 사람, 늘 비싸고 화려한 곳에 있는 사진만 올리는 사람. 난 그들이 사진으로 찍어 SNS에 올린 어떤 순간을 들여다보며 그들의 시간 전체를 짐작했다. 행복한 순간을 부러워하다 보니 행복으로 꽉 채워진 것만 같은 삶도 부러워졌다. 나도 잘 살고 있다는 걸 보여 줘야만 할 것 같은데 남에게 자랑스레 내보일 만한 일상이 없다는 사실이 나를 작아지게 했다. 그래서 난 자꾸 타인이 내보이는 시간의 조각들만 훔쳐보고 있었다.

그런데 뭐지, 이 기분은? 언니 때문에 여행을 망쳤다고 화가 난 친구에겐 미안했지만 왠지 짜릿했다. 뭔가 엄청난 비밀을 푸는 실마리를 알게 된 것처럼. 누군가의 SNS 계정에 올라 와 있는 사진에 담긴 '순간'만 보다가, 사진에는 담겨 있지 않았던 '시간'의 비밀을 알고 나니, 더는 SNS가 누군가의 일기장으로 보이지 않았다. 결혼 사진 앨범쯤으로 보면 되겠구나, 하고 결론을 내렸다.

애초에 '타인의 시간 조각'과 '나의 시간 전체'는 비교 대상이 아니었는지도 모른다. 내가 본 그들의 조각은 나와 다를 바 없이 평범한 시간에서 떨어져 나온 가장 빛나는 조각일 수도 있다. 구질구질한 일상에서 우연히 건져 올린 찰나의 행복일 수도 있고, 고단할 때 에너지 음료를 마시고 바짝 기운을 끌어올리는 것처럼 간신히 만들어 낸 순간의 반짝임일 수도 있다.

반짝반짝 빛나는 보석도 순수한 아름다움만으로 이뤄진 결정체가 아니라고 한다. 수정은 흔한 광물 중 하나로 원래 광택이 없고 투명하지만 어떤 불순물이 섞이는지에 따라 자수정, 연수정, 장미수정, 흑수정 같은 귀한 보석이 된다. 루비와 사파이어 역시 불순물이 섞여야만 값비싼 빨간색 루비, 파란색 사파이어가 된다. 행복도 보석만큼이나 순수하지 않아도 아름다울 수 있지 않을까.

흔히 행복이란 감정이 행복 그 자체로만 순수하게 이뤄져 있다는 착각을 한다. 타인의 행복한 순간을 엿보며 그의 삶 전체도 완벽하게 행복할 거라 짐작한다. 내 마음속에 내재된 우울, 불안, 슬픔, 분노와 같은 불순물이 행복을 방해한다고 여긴다. 하지만 보석에 섞여 더 높은 가치를 만들어 내는 불순물처럼 부정적인 감정 역시 행복을 이루는 중요한 요소다. 영화 「인사이드 아웃」만 봐도 그렇지 않은가. 주인공에게 행복을 찾아 주기 위해 '기쁨이'는 '슬픔이'를 억제하려 하지만, 결과적으로 슬픔을 느끼지 못하면 기쁨의 순간도 없다고 깨닫게 된 것처럼.

더는 SNS 속 타인의 행복을 훔쳐보며 행복을 경쟁하지 않기로 했다. 진심으로 공감하고 응원해 줄 수 없을 것 같을 땐 차라리 SNS를 보지 않을 것이다. 차라리 그 시간에 충분히 슬퍼하고 불안해하고 실망하며 내 감정과 삶의 순간순간에 충실하려 한다. 그러다 보면 진짜 행복을 말할 수 있게 될 거라 믿는다. 적어도 억지로 행복한 척하고, 남의 행복과 비교할 때보다는 훨씬 더 편한 마음으로 SNS를 할 수 있을 것 같다.

벼락치기
인생

~~~~~~

　나의 벼락치기의 찬란한 역사는 어린 시절 일기 쓰기에서
시작된다. 어릴 적 일주일에 한 번 선생님께 일기장 검사를 받
았다. 선생님은 학생들의 일주일 치 일기를 몰아서 읽었고, 나
는 그 전날 일주일 치 일기를 몰아서 썼다. 일기장에 찍힌 '참
잘 했어요' 도장을 확인한 날로부터 며칠 동안 일기장은 펼
쳐 보지도 않고 있다가, 일기장 검사를 받을 날이 가까워지면
그제야 아무 곳에나 던져 놓았던 일기장을 다시 찾았다. 꾸역
꾸역 일기를 몰아 쓸 때면 늘 같은 생각을 했다. 비디오테이
프를 되감는 것처럼 내 지난 시간도 되감기 버튼을 눌러 다시
볼 수 있으면 좋겠다고. 그러다 얼마 지나지 않아 다시 드는

생각은 이랬다. 어차피 내 일상은 영화 같은 삶과는 거리가 멀고 비슷한 날이 반복되는 도돌이표 같은데, 다시 본다고 한들 딱히 새롭게 쓸 게 있을까?

어쨌든 일주일에 한 번은 꼭 다급한 불을 꺼야 했다. 오늘 있었던 일 중 하나를 이틀 전 일기를 쓸 때 적기도 하고, 정 떠오르는 게 없으면 한 달 전에 쓴 일기를 뒤적이며 이번 주에 경험한 일로 둔갑시키기도 했다. 하루 이틀을 제외하고 대부분의 일기는 직접 경험했다기보다 누구에게 벌어졌을 법한 사건과 그때 느꼈을 법한 생각으로 채워졌다. 벼락치기 일기 속 나는 여덟 살 꼬마 수준에 꽤나 강렬한 경험을 했고, 착한 어린이 상을 받아도 될 만큼 모범적인 생각을 했다. 결과적으로 모범상은 아니지만 일기를 잘 쓴 어린이로 뽑혀 일기 왕이란 명예를 안았다. 그때 선생님은 어떤 이유로 나를 일기 왕으로 뽑아 준 걸까? 양심상 마음이 편치 않았지만 상을 받으니 기분이 나쁘진 않았다. 덕분에 좀 더 자신감을 갖고 일기 벼락치기를 이어 갈 수 있었다. 아무튼 그때 인생에서 처음으로 성실함을 벼락치기 하는 법을 배웠다.

그렇다고 불성실하게 살았다는 말은 절대 아니다. 일기 왕이 된 이후로, 내가 벼락치기로 이뤄 낸 또 다른 성과나 성적 역시 나쁘지 않았다. 평소엔 느슨하게 있다가 벼락을 한 번 맞으면 정신이 번쩍 들어 고도의 집중력을 발휘했다. 덕분에 고등학교 땐 반에서 3등 이내의 성적을 쭉 유지했고, 체중을 10킬로그램 이상 감량하며 다이어트에 성공했으며, 대학 생활 4년 내내 장학금을 받으며 학교를 다녔고, 스펙이 될 만한 여러 자격증도 취득했다. 매달 마감 전쟁을 치르며 만든 월간지는 항상 해당 분야에서 높은 순위를 지켰으며, 퇴근 전 갑자기 예기치 못한 긴급한 상황이 벌어지면 밤을 새워서라도 다음 날 아침까지 그럴듯한 연설문을 써 내기도 했다.

나는 노란 고무줄이었다. 마감이 눈에 보일 때면 팽팽하게 당겨졌고, 보이지 않으면 축 늘어졌다. 언제라도 벼락이 치길 기대했다. 집중하기 위해선 늘 긴장감을 줄 강한 자극이 필요했다. '무엇으로 밥벌이를 하면 행복할까?' 20대의 나를 보채고 괴롭히던 이 고민은 서른이 넘어서까지 이어졌고, 겨우 답을 내린 게 글 쓰는 삶을 살아 보자는 거였다. 그런데 그 삶을 아주 조금 맛보고 나서 깨달은 게 있다. 더 이상 고무줄처럼 살아서는 안 되겠다는 것을.

읽는 걸 즐겼지만 나도 써 봐야겠다는 마음으로 읽은 적은 없었다. 글을 쓰겠다고 마음먹고부터 왠지 타인의 글을 마음 편히 읽는 게 힘들었다. 다음 문장으로 서둘러 눈을 옮기기가 아깝게 느껴지는 좋은 문장들이 차고 넘쳐서. '어쩜 이렇게 간결한 문장에 깊은 의미를 담아낼 수가 있을까?' '누구나 겪는 평범한 일상에서 어떻게 이런 통찰력 있는 생각을 할 수 있었을까?' 그들의 문장과 생각, 재능이 탐이 났다. 미친 듯이 부러웠다. 크게 심호흡을 하고 내달리면 단숨에 따라 잡을 수 있을 거라 생각했지만, 그렇게 해서 만들어 낸 내 노력의 결과물은 전혀 단단하지 않고 쉽게 허물어졌다. 흰 종이에 쏟아 낸 내 글은 뭉게뭉게 피어올랐다가 금세 잦아드는 물거품이었다가, 파도 한 방에 휩쓸려 흔적도 없이 사라지는 모래성 같았다. 오늘이라는 벽돌을 정성껏 네모반듯하게 매만져 성실히 하나하나 단단하게 쌓아 올리며 살아온 그들을 이겨 낼 재간이 없었다. 벼락치기로 안 되는 게 있구나. 그야말로 인생에 벼락이 쳤다.

꿈, 재능, 가치관, 희망 같은 것들에는 마감이 없다. 나를 대신해서 '참 잘했어요' 도장을 찍어 줄 사람도 없다. 벼락치기가 불가능하다는 말이다. 벼락이 칠 때만 반짝 빛을 발하는 집중력만으로는 충분하지 않기 때문에. 외부의 강한 자극에 의해서만 반응하는 사람은 인생에서 중요한 가치들을 절대 꾸준히 쌓아 올릴 수 없다. 덕분에 고무줄 같은 사람이 아니라, 늘 같은 텐션을 유지하는 실 같은 사람이 되어야겠단 다짐도 해 본다. 실은 고무줄 같은 탄력은 없어도 대신 무엇이든 될 수 있으니까. 한 땀 한 땀 정성스런 짜임을 거쳐 모자도 되고, 목도리도 되고, 스웨터도 된다. 기대된다. 실 같은 사람으로 사는 오늘이 쌓이고 쌓여서 나중에 나는 무엇이 되어 있을지 궁금하다. 적어도 벼락치기 습성을 못 버리고 남의 재능만 미친 듯이 부러워하며 신세 한탄만 하고 있는 사람은 아니었으면 좋겠다.

좋아하는 일을 하려면
'불안'을 먼저 이겨 내야 한다

～～～～～～～～～～

며칠 전, 오랜 시간을 함께해 온 친구를 만났다. 우린 비슷한 시기에 사회에 첫발을 내디뎠다. 8년여의 세월 동안, 그 친구는 진득하니 한길만 걸어오며 한자리에서 지위가 점점 높아졌고, 나는 이 길 저 길을 걸으면서도 또 다른 길을 꿈꾸며 내가 할 수 있는 일의 영역을 넓혔다. 그랬던 친구가 퇴사를 하고, 일주일 정도 지났을 때 만난 것이다. 난 친구가 당장 돈 걱정, 커리어 걱정 없이 보내도 되는 한두 달의 쉼이 그녀에게 재충전의 시간이 되길 바랐다. 그런데 이런 내 바람과는 달리, 그녀는 매우 초조해했다. "진짜 해 보고 싶은 일이 있긴한데 그곳에서 날 불러 줄까? 확신이 없어. 지금 당장 적당한 곳에 이력서를 쓰면 불러 줄 곳들은 많은데 그 일은 내가 만족스럽지 않을 것 같고……."

이렇게 말하는 친구에게 나는 꼭 하고 싶은 일에만 이력
서를 내고, 그 일에 필요한 능력은 무엇인지, 스스로의 역량
은 어느 정도 되는지 돌아보는 시간을 가졌으면 좋겠다고 권
했다. 그 외의 시간에는 친구가 평소 하고 싶다고 말했던 스
쿼시와 홈베이킹도 해 보는 게 좋겠다고 말했던 것 같다. 한
길로만 8년을 달렸으니 분명 두세 달 갓길을 걷는 것은 휴식
이자 새로운 전환점이 될 거라 믿었다.

그로부터 일주일이 지난 오늘, 친구의 연락을 받았다. 결
국 눈높이를 낮춰 바로 이력서를 썼고 면접에도 합격해 내일
부터 출근하기로 했다고. "두세 달 준비했다가 하고 싶은 일
에 합격하지 못하면 어쩌나 불안했어. 근데 늘 하던 비슷한
일에 이렇게 덜컥 합격하고 보니, 그냥 네 말대로 좀 더 쉬면
서 진짜 하고 싶었던 일을 준비해 볼 걸 그랬나 싶다." 결국
그녀는 '불안'을 이겨 내지 못하고 '안전'을 택한 것이다. 하
고 싶다던 일은 가슴에 묻어 둔 채, 다시 늘 하던 일과 비슷
한 자리로 돌아갔다.

최근 누군가 내게 부럽다는 듯 말했다. "좋아하는 일을

다 하고 사니 얼마나 좋아. 능력도 좋지.” 내가 좋아하는 일
을 하고 있는 건 맞지만 나 역시 '불안'하다. 내가 잘하고 있
는 건지, 또 앞으로 어떤 모습이 되어 있을지 나도 잘 모르겠
다. 하지만 세 번의 입사와 퇴사를 거치며 하고 싶은 일들에
뛰어든 덕분에 좋아하는 일을 하기 위해서는 먼저 불안을 이
겨 내야 한다는 것을 알았고, 불안을 잘 다스리면 더 큰 추진
력이 발휘된다는 것을 알게 된 것 같다.

　"두려움 때문에 좋아하는 일을 포기하지 마!" 오디션
에 참가한 동물들의 이야기를 담은 뮤지컬 애니메이션 영화,
「씽 SING」에 나온 대사다. 코끼리 소녀 미나는 잔뜩 수줍은
모습을 하고 있지만 사실 폭발적인 가창력의 소유자다. 하지
만 극심한 무대 공포증 때문에 오디션 참가를 포기하고 무
대 스태프로 일한다. 그러면서도 노래와 춤 연습을 하는 다
른 참가자들을 보며 부러워한다. 그런 그녀를 보고 영화의
주인공은 말한다. 두려움 때문에 좋아하는 것을 포기하지 말
라고.

　늘 '안전'만 선택하는 인생은 무난하긴 하지만, 좀 무미
건조하지 않을까. 지금 당장은 아닐지라도, 살다가 언젠가
한 번쯤은 '불안'을 선택하는 순간도 필요할지 모른다. 그

순간, 좋아하는 일을 하기 위해 불안을 선택하는 사람들에게, 즐거울 거라는 막연한 기대감만 가질 게 아니라 불안감을 이겨 낼 각오도 필요하다고 말해 주고 싶다. 그러면 각자 전환의 시점을 결정하는 데 도움이 되고, 좋은 결과가 있기까지 뚝심 있게 기다리고 인내할 용기와 여유도 생기기 때문이다.

친구가 또다시 같은 고민을 안고 나를 찾는 날, 그땐 그녀도 이제 '안전'만 택할 게 아니라 '불안'을 선택해 이겨 낼 때가 된 건 아닌지 생각해 보라고 꼭 말해 주고 싶다.

색깔 있는
사람

~~~~~~~~~

　나는 색깔 있는 사람들이 부러웠다. 누가 봐도 그 사람만의 뚜렷한 색이 느껴지는 사람. 그들은 어디서든 자기 색깔을 드러내며 사람들에게 매력적인 사람으로 인정받는다. 고유의 색이 있다는 것도, 사람들에게 색깔 있는 사람으로 인정받는 것도 부러웠다. 반면 나는 나의 색을 도무지 알 수가 없었다. 아니, 어쩌면 나처럼 평범한 사람은 색깔이 없는 사람이라고 생각했던 것 같다.

　처음 나의 색을 고민하게 된 건 대학교 신입생 때였다. 모두가 똑같이 입던 교복을 벗고, 대학 입시라는 공통된 목표가 사라졌다. 엇비슷한 삶에서 벗어나 저마다의 삶을 만들어 갔다. 나는 대학생이 되고 제일 먼저 학교 방송국에 지원서를 썼다. 면접을 보고, 일주일간의 빡센 교육을 거치고 열명 남짓 되는 동기들과 방송국 활동을 시작하게 되었는데, 그때 생각했다. '이 친구들 참 색깔 있다.' 나만 너무 평범하다는 생각이 들었다.

이런 고민을 하고 있던 차에, 나와 다른 동기 한 명이 선배에게 교육을 받는 자리에서 그 동기가 "우리 동기들 중에 민영이만 평범한 것 같아요"라고 말했다. 얼굴에 불이 붙은 것처럼 화끈거렸다. "야! 어떻게 그런 말을 할 수 있어. 그러고도 네가 동기냐?" 하고 받아칠 생각도 못 했다. 나 혼자만의 생각이 아니라 남도 그렇게 생각한다는 게 쪽팔렸다. 그때 선배가 "두고 봐. 아마 민영이가 끗발을 날릴걸" 하고 말해 주지 않았다면, 난 그 길로 방송국 활동을 그만뒀을지도 모른다. 뭐 결과적으로 선배의 말은 틀리지 않았다. 그 말을 했던 친구야말로 3개월을 못 견디고 그만뒀고, 나는 최고참인 국장까지 하며 3년을 그 안에 몸담았으니까.

하지만 끝내, 자기 색깔이 강한 동기들 틈에서 내 색은 찾지 못했다. 한참이 지나 의외의 곳에서 답을 얻었다. 컬러테라피를 공부하면서. 컬러테라피란 '색은 고유의 파장과 에너지를 지닌다'는 주장에 근간을 두고 심신을 균형 잡힌 상태로 유지할 수 있도록 돕는 것인데, 색을 도구 삼아 현재의 심리를 진단하고 타고난 성향을 분석할 수도 있다. 컬러테라피를 통해 내가 발견한 나의 색 중 하나는 노란색이었다. 나에겐 없을 거라 생각했던 밝고 산뜻한 색깔이 있다는 게 의외였다. 노란색은 아이처럼 천진난만하면서도 주목받고 싶고, 자기를 중심에 두고자 하는 심리를 반영한다. 사람들의 인정과 주목을 받을 때 자신감을 느끼는 성향이기도 하다. 또 호기심 많은 아이들처럼 알고 싶은 게 많아 배우길 좋아하면서도, 한 가지에 깊이 몰두하는 힘은 다소 약한 것도 노란색이 가지고 있는 성향 중 하나다. 컬러테라피를 접하면서 그 전까지 내향적이란 단어 외에 하나로 딱히 정의할 수 없던 내 성향의 조각들이 하나하나 이해되기 시작했다.

성인이 될 때까지 나는 노란색과는 어울리지 않게 천진난만하지도 않고, 자신감도 없었다. 첫째라서 일찌감치 나이에 비해 무거운 책임감과 기대가 어깨에 실렸다. '이쯤이면 칭찬받겠지' 하고 신나서 뛰어가도 잘했다는 칭찬보다 "더 잘했어야지" 하는 말을 더 많이 들었고, 실수에는 호된 호통이 따랐다. 그래서였을까. 매사에 실수하지 않으려고 조심했고 완벽에 집착했다. 말 한마디에도 신중했고 불필요한 말을 하면 안 된다는 생각에 어딜 가서도 말을 많이 하지 않았다. 난 내가 원래 그런 사람인 줄 알았다. 그 틀에서 벗어나는 의외의 행동들이 불쑥 튀어나올 때면 나라는 사람에 대해 도무지 종잡을 수가 없어 혼란스러웠다. 서서히 외부적인 요인을 벗겨 내고 내가 가진 색을 들여다볼 수 있게 되었을 때, 나의 색깔을 알게 되니 나를 이해하는 폭이 더 넓어졌다. 덕분에 지금은 사람들이 자기 색을 찾을 수 있게 돕고 싶어 컬러테라피스트가 됐다.

그런데 상담을 하다 보면, 예전의 나처럼 정작 자신이 가진 색은 모르고 무조건 다른 사람들의 색만 부러워하는 사람이 많다. 그런 사람들에게는 개성 강한 사람들만 자기 색을 갖고 사는 게 아니라, 우리 모두는 다 각자의 색을 가지고 있다는 것부터 이야기한다.

그다음으로 중요한 건 색에 대한 선입견을 허물고 자기 색을 발견하게 돕는 것이다. 알게 모르게 사람들은 색깔에 대한 여러 선입견을 갖고 있다. "보라색을 좋아하는 걸 보니까 4차원이구나", "파란색은 우울한 색이야", "분홍색은 여자들 색깔이야. 남자는 가까이하면 안 돼" 등이 대표적이다. 내가 갖고 있던 선입견 중 하나도 밝은 계열의 색은 긍정적, 어두운 계열의 색은 부정적이라는 생각이었다. 그 전까지 내가 그토록 부러워했던 색깔 있는 사람은 대부분 밝은 색이 느껴지는 사람들이었다. 하지만 흥미로운 점은 모든 컬러는 긍정과 부정의 에너지를 동시에 지닌다는 것이다. 즉 누가 어떤 색을 가지고 있든 강점만 있는 것도, 약점만 있는 것도 아니란 말이다. 그러니 다른 사람이 가진 색을 부러워할 필요가 없다. 난 그저 내가 가진 색깔대로 살면 된다는 뜻이다.

연예인이나 아티스트들은 자기만의 색깔이란 말을 자주 사용한다. "저만의 음악적 색깔과 감성을 담아내고 싶었어요." "나다운 색을 내는 것에 중점을 두었어요." "쉬는 동안 제게 맞는 색깔을 찾기 위해 많은 고민을 하며 시간을 보냈습니다." 자기가 가진 색깔에 대한 고민은 그들에게만 필요한 게 아니다. 누구에게나 각자의 색깔이 있으니까. 나다운 색을 알고 자기 색을 선명하게 만드는 건 우리 모두에게 중요한 문제다.

그럼 어떻게 자기 색을 찾을 수 있을까. 내가 내 색깔을 이해하게 된 건 컬러테라피라는 도구 덕분이기도 했지만, 더 근본적인 게 있다. 바로 내 마음이 어떤 상태인지 거짓 없이 들여다보는 연습을 한 것이다. 내가 어떤 감정인지, 어떤 걸 원하는지 조금씩 투명하게 볼 수 있게 되자 그때부터 서서히 나에 대해 이해할 수 있게 되었다. 생각해 보면 예전의 나는 내 색깔을 갖고 싶다면서 항상 밖으로만 눈을 돌렸다. 다른 사람의 색을 흉내 내기도 하고, 누가 얼핏 이런 색일 것 같다고 말해 준 색을 내 색깔인 줄 알고 살기도 했다. 때론 만나는 사람이 누구냐에 따라 그 사람의 색에 맞춰 남에게 보이는 나의 색을 바꾸기도 했다. 내 색깔은 타인과 상관없이 나에게서만 찾을 수 있는 건데, 나는 나를 보고 있지 않았다. 그만큼 나를 있는 그대로 마주해 본 경험이 부족하다는 의미이기도 했다.

사람들은 SNS에서 타인에게 '공감' 버튼을 누르는 것처럼 타인의 일상과 감정을 살피는 건 익숙하지만, 정작 자기 감정에 공감하는 방법을 모른다. 신체를 있는 그대로 정확하게 측정해 주는 기계가 마음의 상태까지 측정해 데이터로 한눈에 보여 준다면 얼마나 좋을까. 하지만 아무리 기술이 발전한다 해도 그런 기계가 만들어질 리 없다. 마음은 언제 한 번 날 잡고 들여다봐야지 한다고 해서 볼 수 있는 게 아니니까. 어떠한 상황에 처했을 때 그때그때 느끼는 감정을 따라가 봐야만 알 수 있는 것이다. 그때 중요한 건 다양한 감정을 무시하거나 어떠한 판단도 하지 않는 것. 그러다 보면 남에게 싫은 소리를 듣거나, 관계가 틀어질 수도 있지만, 나다운 색을 찾으려면 어쩔 수 없이 미움받을 용기가 필요하다. 그렇게 나에게만 집중하는 경험이 쌓여야만 나를 둘러싸고 있는 외부적 요인들을 벗겨 내고 나의 성향, 가능성, 능력 등을 투명하게 볼 수 있게 된다.

　이젠 나는 남들과 나를 비교하는 대신 어떻게 하면 내 색깔에 어울리게 살지를 고민한다. 그리고 나와 타인의 색이 나르나는 설 이해하고부터 적당한 거리를 둘 수 있게 됐다. 나와 잘 맞지 않는 불편한 색을 가진 사람과의 거리는 멀게, 내가 편안하게 느끼는 색을 가진 사람과의 거리는 가깝게. 내가 원하는 대로 상대와의 거리를 조절한다. 그게 내 색을 유지하면서 타인의 색을 존중하는 방법이니까.

나는
나를 알고 싶다

~~~~~~~~~~

학교에서 장래희망 그리기를 했다. 막상 나의 꿈을 그리
려니 참 어려웠다. 그래서 선생님을 그리고 말았다.

사실 내 꿈은 많다. 아나운서, 가수 등. 정확히 뭐가 되
고 싶은지는 나도 모르겠다. 오늘 학교에서 "너의 장래희
망은 뭐야?" 하고 물어보는 아이들도 많았지만 "그저 그
래……" 하고 말았다.

그렇지만 내 물음에 성심껏 대답해 주는 아이들에겐 정말
미안했다.

'나는 거짓말이었는데, 얘들아 정말 미안해.'

그런데 이거 큰일 났네. 나는 무엇이 되고 싶은 걸까? 내 특기는 뭘까? 나는 아무래도 나 자신을 너무 모르나 보다. 오늘 밤에는 내 특기와 장래희망을 잘 알아 놓아야겠다.

— 1993년 3월 4일 목요일

오랜만에 초등학교 때 일기장을 뒤적거리다가 발견한 내용이나. 오랫동안 눈실이 머물렀다. 스스로를 너무 몰라 고민이었던 그때의 나는 그날 밤, 만족스러운 답을 찾고 기분 좋게 잠이 들었을까? 아마 그땐 꿈에도 생각 못 했을 것이다. 20년이 지나서까지 여전히 같은 고민을 하고 있을 줄. 글씨를 또박또박 예쁘게도 잘 썼네. 캘리그래피를 한번 해 볼걸 그랬나. 일기를 재미있게 잘 썼구나. 어휘력도 좋고 감수성도 풍부하고. 애초에 글 쓰며 사는 삶을 꿈꿔 볼 걸 그랬나. 학교에서 하는 만들기 수업을 유달리 좋아했었네. 어라, 내가 손재주가 있었던가. 지금의 나도 몰랐다. 20년 전과 별반 다르지 않은 고민을 이어 가며, '20년 전 나'에게서 나를 알기 위한 단서를 발견하고 있을 줄.

큰일 하는 사람은
아닐지라도

~~~~~~~~~~~~~~~~

라디오를 듣고 있는데 한 고등학생이 보낸 문자 하나가 소개됐다. "제가 왜 태어났는지 모르겠어요." 이에 진행자는 별 고민 없이 "큰일 하라고 태어난 거예요"라고 답했다. 그 말을 듣는데 마음이 철렁했다. 벼랑 끝에 매달린 아이가 붙잡아 달라고 뻗은 간절한 손을 무심히 툭 쳐 내는 어른을 본 것 같은 기분이었다고 할까.

중학교 때 쓴 내 일기장에서도 비슷한 질문을 발견한 적이 있다. "사람은 무엇을 하기 위해 세상에 태어날까?" 그때 난 이렇게 적었다. 내 이름을 세상에 알리기 위해 태어난 거라고. 나중에 유명해져서 꼭 세상에 필요한 사람이 되고 싶다는 말과 함께. 그 일기를 읽고 있는데 살짝 민망했다. 이름을 날리기는커녕 여전히 '나 잘 살고 있는 건가?' 하고 고민하며 살고 있을 거라곤 생각하지 못했기 때문이다. 민망함이 마음속 무언가를 툭 건드렸는지 마음이 약간 쓰라렸다.

어릴 적엔 나중에 크면 정말 큰일 하는 사람이 될 줄 알았다. 특별한 근거는 없었다. 될성부른 나무는 떡잎부터 알아본다는데, 내 떡잎이 유달리 좋아 보인다고 말해 주는 이도 없었다. 성적이 뛰어나게 좋지도 않았고 그렇다고 남다른 특기나 대단한 끼가 있는 것도 아니었다. 하지만 분명 나에겐 뭔가 있을 거라고 철석같이 믿었다. 가끔 TV에 얼굴도 비추고, 강연하며 좌중을 압도하고, 돈 걱정하지 않아도 될 만큼 벌이도 괜찮고, 적어도 괜찮은 회사에 들어가 어느 정도 위치에서 인정받는 사람은 되어 있겠지. 그게 당연한 내 미래라고 생각했다. 아, 다시 부끄러움이 밀려들면서 얼굴이 벌게진다. 도대체 어디서 솟아난 자신감이었을까. 아마 인생 전체에 고루 나눠서 써야 할 자신감을 싹싹 긁어모아 그때 다 써버린 건 아닌가 싶다.

삶이란 게 무척 거창한 건 줄 알았다. 원대한 포부를 가져야만 삶의 무게에 눌려 허덕이지 않고 삶을 주도적으로 끌어가는 사람이 될 줄 알았다. 그러나 현실은 높은 이상만큼 강도 높은 자기비판만 하다가 삶에 질질 끌려가는 사람이 되고 말았다.

이젠 알았다. 대단한 사람은커녕 지금보다 조금 더 나은 사람이 되는 것조차 힘든 일이란 걸. 기필코 내일 아침엔 한 시간 더 일찍 일어나겠다는 굳은 결심을 하며 잠들어 놓고 10분 간격으로 울리는 알람을 무시한 채 이불 속을 파고 든다. 석 달 치 운동을 등록해 놓고 어깨에 찰싹 달라붙은 귀찮음 하나 떼어 내지 못해 운동하는 날보다 집에서 TV 보며 간식을 먹는 날이 더 많다. 퇴근 후 한 시간만 게임하며 스트레스를 풀다 자기 계발 좀 할까 했더니 잠잘 시간이 다 되어서야 게임을 멈춘다. 날마다 많든 적든 꼬박꼬박 후회를 저금해 가며 살고 있다.

삶에서 성공하는 것, 돈을 많이 버는 것, 명예를 얻는 것, 좋은 회사에 입사하는 것보다 진짜 큰일은 후회할 일을 덜 만들며 사는 것 아닐까. 「메리대구 공방전」이란 드라마에 이런 대사가 나온다. "인기 작가가 돼서 계속 히트작을 내는 것보다, 인기 배우가 돼서 매일 밤 무대에서 갈채를 받는 것보다, 아무도 나한테 희망을 걸지 않을 때 나를 믿고 버티는 게 진짜 빛나는 겁니다." 그렇다. 작은 노력을 거듭하며 조금씩 조금씩 나를 더 나은 사람으로 만들어 가는 건 충분히 가치 있는 일이다. 인생에서 가장 대단한 일이다.

아는 사람 중에 뭐든 열심히 하고, 실력도 좋아 남들에게도 인정받는 이가 있다. 그는 주변 사람들이 칭찬을 하면 항상 "고마워, 더 노력해야지"라며, 자긴 아직 부족함이 많다고 말한다. 일부러 자기 능력을 부풀려 과시하지 않고, 늘 자기의 부족함을 들여다보며 성실히 채워 가는 사람. 나는 그를 스스로의 모자람을 마주하길 겁내지 않는 용기 있는 사람으로 기억한다.

사실 난 용기가 없었던 건지도 모른다. '그래, 나는 이것 밖에 안 돼'라고 인정하고 나면 평생 그저 그런 어중간한 사람으로 살게 될까 봐. 나의 부족함을 인정하기가 싫었다. 그런데 솔직히 인정하고 나니 그럼 어떻게 해야 더 나은 사람이될 수 있을까 진지하게 고민하게 됐다. 그리고 후회를 덜 만드는 하루를 조금씩 쌓아 가고 있다. 당장 변화가 보이지 않는 지루함을 이겨 내면, 언제 자랐는지 모르게 손톱만큼 빼꼼히 자란 변화의 폭을 눈으로 확인하는 날이 온다. 그래, 이 맛에 산다. 손톱만큼 간신히 키워 낸 나를 만나는 즐거움에.

　왜 태어났는지 모르겠다던 중학생에게 나는 뭐라고 말해 줄 수 있을까? 이 말만은 꼭 해 주고 싶다. "왜 태어났는지 몰라도 충분히 잘 살 수 있어. 우리 삶은 생각만큼 거창하지 않아." 삶보다 더 대단한 건 오늘이다. 오늘을 살다 보면 만들어지는 게 삶이니까. 큰 목표를 이루는 것만큼이나 하루하루 부지런히 자신을 길러 내는 재미와 보람 역시 크다는 걸 꼭 기억했으면 좋겠다. 라디오 사연을 보냈던 중학생 친구에게 직접 얘기해 줄 수 없으니, 내 중학교 때 쓰던 일기장 구석에 적어 놓는 걸로 만족했다. 큰일 하는 사람이 되고 싶어 나이에 비해 무거운 기대감을 안고 사느라 힘들었을 과거의 나를 그렇게나마 달래 줬다. 지금의 나도 조금이나마 홀가분해진 기분이다.

안 개 꽃 을
닮 았 다

~~~~~~~~~~

　　친구가 남자친구에게 꽃을 선물 받았다고 자랑했다. 안
개꽃이다. 그런데 익히 알고 있던 하얗고 작은 눈꽃 송이 같
은 모습이 아니라 한참을 가만히 들여다봤다. 말린 꽃인데도
흐트러짐 없이 본래의 깨끗한 모습을 잘 유지하고 있는 걸
보면 분명 안개꽃이 맞는 것 같은데, 꽃 색깔이 파란 게 아무
리 봐도 어색하기만 했다. "안개꽃은 하얀색 아니야?" 하고
물으니, 얄미운 친구는 자긴 이런 꽃 많이 받아 봐서 잘 안다
는 듯 잘난 체를 한다. "야, 하얀 안개꽃을 말려서 색깔을 입
힌 거잖아. 알록달록 다양한 색깔이 있는데 남친이 그중에서
도 파란 안개꽃을 선물한 이유가 뭔지 알아? 꽃말이 영원한

사랑이래." 그렇게 들떠서 한참을 신나게 이야기하더니, 시간이 지나자 뭔가 좀 아쉽다는 눈치로 말했다. "근데 이왕이면 크고 예쁘고 화려한 꽃이었으면 더 좋았을 텐데……."

"글쎄, 난 안개꽃 선물이 훨씬 좋은 것 같은데." 내가 답했다. "안개꽃은 화려하지 않고 평범해. 대신 반짝하고 빛이 났다가 금방 시들어 버리는 화려한 꽃들과는 다르게, 이렇게 말려 놓으면 몇 년을 한결같은 모습을 유지하잖아. 생명력 가득했던 때와 비교해도 별다를 게 없어." 내 말 한마디에 친구는 햇살을 가득 받고 피어난 해바라기처럼 방긋 웃었다. 실망스러운 얼굴을 할 땐 언제고 말 한마디에 금세 좋다고 웃고. 내 친구는 이렇게 단순하다니까. 아니, 사실 친구가 남자친구에게 받은 안개꽃을 보고 좀 놀랐다. 늘 큰 꽃들 사이의 빈틈을 메우는 역할을 해 오던 '만년 조연' 안개꽃이 이렇게 '단독 주연'의 자리를 꿰차는 날이 올 줄이야. 왠지 대견했다.

중학교 때였나. 한 친구가 내 롤링페이퍼에 이런 말을 적었다. "나는 안개꽃을 참 좋아하는데, 넌 안개꽃을 닮았어. 안개꽃은 크고 화려하지 않아서 비록 많은 이에게 주목받는 꽃은 아니지만, 분명 없어서는 안 될 꽃이야. 꽃다발을 봐. 아무리 예쁘고 화려한 꽃도 안개꽃과 함께 어우러져 있을 때 더 아름다워 보이잖아." 지금 생각해 보면 그 친구의 감성이 일반적인 중학생 감성은 아니었던 것 같다. 상대적으로 지극히 평범한 그 나이 또래의 감성을 가졌던 나는 당시에 그 말뜻을 온전히 이해하지 못했다. 그저 작고 보잘것없는 꽃을 닮았다는 말이 썩 마음에 들지 않았다. 이왕이면 나도 장미처럼 화려하고 주목받는 꽃을 닮고 싶었으니까. 그 마음은 조용하고 튀지 않는 아이였던 내가 어딜 가나 시선을 사로잡는 인기 있는 아이들을 부러워했던 마음과 별반 다르지 않았다. 나는 늘 내 안의 소심함을 밖으로 밀어내려 했었다. 이랬던 내가 언젠가부터 안개꽃의 매력을 알게 됐다. 살다 보니 대놓고 잘난 것보다, 평범함 속의 비범함이 더 좋아지기 시작했다.

이런 생각을 하다 보니 자연스럽게 떠오르는 영화가 있다. 바로 「거북이는 의외로 빨리 헤엄친다」라는 영화다. 나는 이 영화가 평범한 사람들을 위로하는 영화처럼 느껴진다. 가정주부인 스즈메는 학창 시절 때도, 가정을 꾸린 후에도 특별할 것 없는 단순한 일상을 보내는 지극히 평범한 주부다. 남편은 장기 출장 중이고 그녀의 하루에서 가장 큰 일은 거북이에게 먹이를 주는 것밖에 없을 정도니, 말 다 했지 뭐. 그녀는 절친 쿠자쿠의 파란만장한 인생을 부러워한다. 자기 삶에 변화를 줘 보려고도 했지만, 왠지 더 불편하고 자기와는 어울리지 않는다고 느낀다. 그러다 우연히 스파이 모집 공고를 보고 호기심에 지원했는데, 스즈메는 사람들의 눈에 띄면 안 된다는 스파이의 조건을 충족하는 최적의 인물로 평가받고 합격하게 된다.

사실 스파이가 됐다고 해서 그녀의 일상에 별다른 변화가 생긴 건 아니다. 다만 그녀가 일상을 대하는 태도에 변화가 생겼을 뿐이다. 똑같은 일상일 뿐인데도 늘 자기가 스파이라는 것을 떠올리다 보니 작은 것에도 더 관심을 기울이게 됐고, 그것만으로도 스즈메는 더 이상 무색무취의 평범한 사람으로 보이지 않았다. '눈에 띄지 않고 평범하게 지내기'란 첫 번째 임무를 수행하는 중에 자꾸 의도하지 않았는데도 사람들의 이목을 끄는 존재가 되는 걸 보면 말이다. 영화는 말한다. 느릿느릿한 거북이가 그저 평범해 보여도 사실은 특별한 힘을 갖고 있다고.

지극히 평범한 메뉴인 라면이 작은 차이 하나로 고급 음식점에서 먹는 근사한 음식 못지않은 맛을 내기도 하고, 흔하디 흔하다고 여기는 리코더를 연주하는 리코디스트가 전

세계를 무대로 활약하기도 한다. 삶을 획기적으로 바꾸는 창조적인 아이디어도 어디서 갑자기 튀어나오는 게 아니라 익숙한 일상에서 비롯된다. 평범함 자체로 비범할 수 있다.

살다 보면 나의 평범함 속 비범함을 알아봐 주는 사람들도 종종 만난다. 대학교 때 선배들과 웃고 떠들고 있는데 한 선배가 나를 두고 이렇게 말했다. "민영이가 웃기고 재미있는 애는 아닌데, 상대가 계속 웃고 떠들며 이야기할 수 있게끔 만들어 주는 애야"라고. 와자지껄한 분위기 속에서 선배의 나소 뜬금없는 한마디는 "갑자기 뭔 헛소리야"라는 선배들의 핀잔에 묻혀 버렸지만, 내 기억에선 오래도록 잊히지 않았다. 덕분에 나는 자신감이 생겼다. 나는 다른 사람의 이야기를 잘 귀 기울여 들어 줬을 뿐인데, 상대는 깊이 공감해 준다고 생각해 편하게 이야기를 털어놓는구나, 생각하니 '오, 나도 꽤 괜찮은 사람이네' 하며 기분이 좋아졌다. 더욱이 여러 사람으로부터 다양한 이야기를 이끌어 내야 하는 직업인 리포터로 일하게 됐을 때, 선배의 그 한마디는 큰 힘이 됐다.

요즘 나는 종종 나에게 안개꽃다발을 선물한다. 오랜 무명 생활을 거쳐 단독 주연 자리까지 오른 안개꽃이 오래 많은 사람에게 사랑받길 응원하며, 나에게도 자신감을 불어넣는다. "넌 충분히 매력적인 사람이야" 하고. 그리고 평범한 나의 특별한 점을 봐 주었던 선배, 내가 안개꽃을 닮았다고 말해 준 친구의 고마운 마음을 떠올리며, 나도 그들처럼 누군가가 스스로 알아채지 못한 특별한 무언가를 발견하고 말해 줄 수 있는 사람이 돼야겠다고 생각했다. 특별함은 누구에게나 하나씩 있으니까.

노력의 배신,
그럼에도 노력

～～～～～

　'농촌유학'을 다룬 기사를 본 적이 있다. 가족 곁을 잠시 떠나 농촌유학길에 오른 도시 아이들의 농촌 체험기에 대한 이야기였다. 해외 대신 농촌 뒤에 붙은 유학이란 단어가 꺼끌 꺼끌하게 느껴져, 기사를 유심히 읽은 기억이 있다. 하교 후 늦은 시간까지 학원을 순회하고, 숨 돌릴 시간엔 컴퓨터와 스마트폰에 얼굴을 파묻고 살던 도시 아이들이, 유학 기간 동안엔 농촌학교에서 듣는 정규 수업이 끝나면 자연으로 뛰어가 텃밭 가꾸기, 곤충과 동물 관찰 등 자연과 어우러져 놀며 하루를 보낸다고 했다. 기자는 도시 아이들의 축 처진 어깨와 농촌유학생들의 해맑은 얼굴을 대조적으로 보여 주며,

농촌유학은 도시에서의 어떤 교육으로도 채울 수 없는 살아 있는 교육이라고 말했다.

언젠가 초등학생 아이를 둔 학부모와 이야기를 나누다 놀란 적이 있다. 예체능 실기 점수를 잘 받기 위해 저학년 때 체육, 미술, 음악 과목별로 사교육을 받는다는 이야기. 초등학교 졸업 전까진 수능 영어를 완벽하게 끝내 놓아야 한다는 이야기. 아이가 하교 후 여러 학원을 전전하다 밤 9시가 넘어야 집에 온다는 이야기. 내가 초등학교에 들어갈 때만 해도 조기 교육은 구구단 5단 정도를 미리 외우는 것이었다. 그것만으로도 학교생활이 편했다. 자기 이름도 못 쓰는 아이들이 수두룩했기 때문. 그런데 이젠 이름 쓰기나 구구단은 말할 것도 없고 너무 많은 것을 앞서가고 있었다.

'과연 난 내 아이를 농촌으로 유학 보낼 수 있는 엄마일까?' 요즘 아이들의 현실을 알고 나니, 난 과연 아이를 학원에 보내는 대신 농촌으로 보내 자연에서 뛰어놀게 할 수 있을까 하는 생각이 들었다. 아이가 없으니 지금 당장 할 고민은 아니다. 하지만 난 원래 걱정과 고민을 앞서서 잘 하는 사람이니. 그리고 궁금했다. 나라면 어떤 결정을 할지. 솔직히 요즘 분위기가 그렇다는데 내 아이만은 공부 걱정 말고 자연에서 뛰어놀라고 말할 자신은 아직까진 없다. 하지만 인생을 살면서 농촌에서 꼭 배웠으면 하는 중요한 가치는 하나 있다. 도시에서 나고 자란 전형적인 도시 사람인 내가 농촌을 조금이나마 경험하며 배운 소중한 가치, 그것을 내 아이도 마음에 품고 살았으면 한다.

나는 도시 사람이라는 말에서 풍기는 시크함이나 세련됨과는 한참 거리가 멀다. 하지만 도시생활만 경험한 내게, 농촌은 계절마다 옷을 갈아입는 들판이 펼쳐진 낭만적인 곳이었다. 농촌 사람들이 늘으면 혀를 찰 만한 철없는 도시인은 차를 타고 가다 만나는 가을 들녘에 넘실대는 황금빛 물결에 마음을 빼앗겼다. 사과, 딸기, 토마토 농장 체험을 하며 수확의 기쁨을 느껴 보고 싶었고, 고단한 농사일 후 시원하게 들이켜는 막걸리 한 잔의 로망을 품으며 살아왔다. 낭만은 현실과의 거리가 멀수록 진한 향을 내는 법이다.

리포터로 일을 하면서 지역의 농특산물을 소개하기 위해 일주일에 한 번 농가를 방문하게 됐다. 그제야 시선을 농촌의 낭만에서 현실로 옮겨 오게 됐다. 그때 농민들을 인터뷰하며 깊이 실감한 게 바로 노력의 배신이었다. 한 오이 농가에 취재를 갔던 때의 일이다. 푸근한 미소로 반겨 주시던

50대 초반의 부부는 오이 밭을 거닐며 이것저것 친절하게 설명해 주셨다. 오이는 습도, 일조량의 영향을 많이 받고 병충해에도 취약한 매우 민감한 작물이라, 농부들의 세심한 관심과 손길이 필요하다고 했다. 두 분의 일상에는 게으름이란 단어가 비집고 들어갈 틈이 없어 보였다. 새벽 5시에 일어나 미숫가루 한잔 쭉 들이켜는 것을 시작으로 11시까지 오이를 수확해 오전에 출하 작업을 마친다. 계속 오이 순이 올라오기 때문에 순 내리기 작업을 하느라 오후에도 정신없는 시간을 보내는 건 마찬가지. 오이는 생육이 빨라 열매가 달리기 시작하면 각별히 수분과 영양 공급에 신경을 써야 하는 데다, 하루라도 작업을 거르면 그만큼 오이의 수세가 꺾여 버리기 때문에 꼼짝할 수가 없다고. 부부는 10년 이상을 그렇게 오이 밭에서 살아왔다.

그분들의 삶은 자기 계발서에서 본 어떤 이야기와 비교해도 헐렁하지 않을 만큼 치열한 삶이었다. 그럼에도 올해는 날씨가 돕지 않아 어려움이 많았고, 예년에 비하면 수확도 반 토막이 났다고 했다. 아무리 많은 노력을 해도 인간이 어찌할 수 없는 '기후'라는 변수가 있었다. 예측할 수도, 어떻게 손쓸 수도 없고, 그냥 결과를 받아들여야만 한다. 얼마나 답답할까. 최선을 다했으니 자신을 탓할 수도 없고, 그렇다고 날씨를 원망한다고 해서 결과가 달라지지도 않고. 다음 해에는 좋은 결과로 보상해 주겠다고 하늘이 답해 주는 것도 아니니. 인터뷰를 하며 부부가 나직이 내쉬는 한숨에 그간의 고생한 시간도 같이 무너져 내리는 것 같았다.

묻고 싶은 게 한둘이 아니었다. 노력의 배신을 뼈저리게 실감하면서도 또다시 노력할 힘이 솟아날까. 억울하진 않을까. 포기하고 싶지 않았을까. 차마 입 밖으로는 꺼내지 못하고 머릿속만 떠다니던 질문들이 내 얼굴에 고스란히 드러났는지, 아저씨가 웃으며 말했다. "그래도 할 게 노력밖에 더 있겠어요? 노력에 배신당하는 것보다 더 견디기 힘든 게 노력 않고 결과만 좋길 기다리는 초조함이에요." 날씨는 '적당함' 이라는 걸 모른다. 심지어 인간이 통제할 수도 없다. 그런데 인생에 찾아오는 고난도 마찬가지다. 예고 없이 갑자기 찾아오고 어느 정도 강도로 올지 모른다. 해마다 기후 때문에 천당과 지옥을 오갔을 그가 담담하게 건네는 말 한마디가 얼마나 큰 위로가 되던지. 그는 고난을 잘 이겨 낼 수 있는 힘은 평소에 얼마나 성실하게, 열심히 살아왔는지에 달려 있다는 것을 말하고 있었다.

'노력은 배신하지 않는다'는 말을 위로 삼던 때가 있었다. 그런데 시대가 바뀌어 이제 사람들은 '노력의 배신'이란 말에서 예전만큼 큰 배신감을 느끼지 않는다. 노력해도 노력한 만큼 이루기 힘든 사회에서 노력의 가치가 빛을 잃어 가고 있다. N포 세대, 흙수저, 헬조선 등과 같은 단어들 앞에서 노력이나 성실함을 강조하는 건 무책임하고 꼰대스럽다고 여겨진다. 대신 "노오오오력을 해 봤자 어차피 제자리", "노력의 노예로 사느니 그냥 지금을 즐기며 살겠다" 등의 말로, 노력 대신 포기를 택할 것을 권한다.

나도 노력만 하면 원하는 걸 모두 이룰 수 있다고 힘주어 말할 생각은 전혀 없다. 하지만 오이 농사를 짓던 아저씨 말씀처럼, 나 역시 '그럼에도 노력'의 가치를 믿는다. 모두가 쉽게 포기하지 않았으면 좋겠다. 쉽게 미래에 대한 희망을 버리지 않았으면 좋겠다. 노력한 만큼의 결과가 없을지라도, 이번에 좋은 결과가 없고 다음에도 역시 좋은 결과를 장담하기 어려울지라도. 자기가 할 수 있는 최소한의 노력마저 게을리하지 않길 바란다. 노력하지 않는다고 미래에 대한 걱정까지 지울 수 있는 건 아니니까.

여전히 나는 나중에 내 아이를 농촌으로 유학 보낼 수 있을지에 대한 답을 내리지 못했다. 하지만 성인이 되기 전에 '노력의 배신'만은 알게 해 주고 싶다. 노력에는 반드시 좋은 결과가 따른다는 생각을 일찍부터 깨 주고 싶다. 다만 노력에 비례하지 않는 결과를 당연하게 받아들일 수 있도록 그리고 그 사실에 좌절하기보다 결과에 상관없이 매사에 할 수 있는 최선을 다할 수 있게 북돋아 줄 것이다. 인생의 고난을 이겨 낼 수 있는 힘은 어느 날 갑자기 독하게 마음먹고 있는 힘껏 쥐어 짠다고 해서 나오는 게 아니라, 결국 평소에 어떻게 삶을 대해 왔는가 하는 태도에서 나오는 거니까.

물론 나부터 그런 삶을 살아야 가능한 일이다. 아이한테는 노력에 배신당할 수 있다는 이야기를 실컷 해 놓고, 돌아서서 "노력하면 안 되는 게 없어"라고 말하는 어른이 되면 안 되니까. 다행히 아직 시간은 충분하다. 나중에 할지 말지 모를 고민을 10년이나 앞당겨 생각한 덕분에. 그러고 보니 이건 나중에 있을 아이를 위한 다짐이 아닌 10년 후 나를 위한 다짐이었는지도 모르겠다. 어쨌든 그때쯤이면 나도 노력의 배신에 좀 더 초연한 어른이 되어 있겠지. 지금부터 노력하면.

까짓 것
똥 밟았다 치자

~~~~~~~~~~~~~~~

뜻밖의 연락을 받았다. 예전에 우연히 몇몇 사람들과 함께한 자리에서 분위기상 어색하게 서로 연락처를 주고받은 적이 있는 20대 중반의 사회 초년생으로부터. "안녕하세요. 제가 요즘 많이 힘들었는데 작가님 책을 읽고 위로와 응원을 받는 기분이었어요. 혹시 시간 되시면 뵙고 이야기 나눌 수 있을까요?" 하는 문자였다. 의외의 연락이 솔직히 좀 당황스러워서 수줍은 문자 뒤에 다른 숨은 의도가 있는 건 아닐까 의심을 했다. '혹시 다단계 권유 아냐?' 언젠가 들어 본 이야기들이 하나둘 떠올랐다. 첫사랑인 초등학교 동창의 연락을 받고 설레는 마음으로 만났다가 다단계 회사에 끌려갔다는 이야기, 데면데면 얼굴만 알고 있던 사람이 친한 척하며 자주 연락하더니 결국 다단계를 권유했다는 이야기.

물론 문자 그대로의 마음을 헤아리지 않은 게 아니다. 아예 모르는 사람에게 연락하는 것보다, 얼굴은 아는데 친분은 없는 어색한 사람에게 연락하는 게 더 어렵고 민망하다는 걸 잘 알고 있었다. 그럼에도 불구하고, 그저 작은 응원이 필요해서 수없이 망설이다 큰 용기를 내 아주 어렵게 문자를 보냈을 수도 있다. 그래서 결국 약속을 잡았다.

과연 그녀가 무슨 말을 할까 궁금했다. 혹시나 뜬금없는 제안이나 부탁을 하면 즉시 자리를 박차고 일어나겠다고 단단히 다짐했다. 얼굴을 마주하고 짧은 인사를 나누자 그녀가 본론을 말했다. "제가 잘 살고 있는 건지 모르겠어요." 응? 들자마자 '나도 그런데'라고 말할 뻔했다. 내가 뭐라고 그녀에게 도움이 될 만한 답이 내 머릿속에 있을 리가. 무슨 말을 해 줘야 하지 싶어 고민하고 있는데, 그녀가 계속해서 말했다. "저만 계속 뒤처지는 것 같아요." "지금 하고 있는 일과 경험들이 제 미래에 아무런 도움이 안 될 것 같아 불안해요." "지금 이 회사에 계속 있지 말고 빨리 더 좋은 곳으로 옮겨야 할 것 같은데 자신이 없어요." 가볍지 않은 인생 고민들이 줄

줄이 딸려 나왔다. 그녀는 서른을 마지노선으로 생각하고 있었다. 서른 전까지 이 고민들이 해결되지 않으면 어쩌나 불안해하고 있었다.

서른은 불편한 나이다. '여자 나이는 크리스마스 케이크와 같다'는 얼토당토않은 말을 아무렇지도 않게 내뱉는 사람들이 우릴 더욱 불안하게 만든다. 여자는 나이가 들수록 가치가 점점 떨어지니 서둘러 자기 가치를 높여 놓지 않으면 가망이 없다고 독촉한다. 그래서 대부분의 20대가 치열한 속도 전쟁을 벌인다. 20대 초반에는 토익, 자격증, 어학연수 등 스펙을 열심히 쌓고, 20대 중반에는 이름만 대면 누구나 알 만한 좋은 회사에 취직을 해야 한다. 20대 중후반에는 취업의 다음 스텝인 결혼 준비를 위해 차곡차곡 돈을 모아야 하고, 부모님 기대에 넘치지도 모자라지도 않은 짝을 찾아야 한다. 나이가 들수록 마음은 조급해지고, 계획에서 어긋나면 앞서가는 이에 대한 부러움이 커지는 것과 비례해 불안감이 늘어난다. 해도 안 된다는 좌절감은 결국 이번 생은 망했다는 자포자기로 바뀐다. 대학 가기 전까지만 버티면 될 줄 알았던 주입식 인생이 20대에도 쭉 계속되는 셈이다.

안타깝게도 나 역시 20대에 해결해야 할 미션들을 제 속도에 맞게 착착 클리어한 빠릿빠릿한 사람이 아니었다. 어리숙하고 굼뜨기도 했지만, 주입식 답안이 정답이 아니란 걸 확인할 때마다 혼란스러웠다. 스펙을 부족함 없이 쌓는다고 해서 좋은 회사에 취업하는 것도 아니었고, 취업을 했다고 더는 취업 준비를 안 해도 되는 것도 아니었다. 번듯한 직장이 장밋빛 미래를 보장해 주는 것도 아니었고, 연애도, 결혼도, 출산도 포기할 수밖에 없는 현실적인 이유들이 존재했다. 결국 답안지대로 살아지지 않았고, 그때마다 자꾸 멈칫했다. 서른 살의 나는 크게 이룬 것이 없었다.

그래도 서른을 기점으로 달라진 게 있었다. 반드시 언제까지 무엇을 해야만 한다는 마지노선이 사라졌다. 주변의 기대로부터도 비교적 자유로워졌다. 한 개그맨의 "늦었다고 생각할 때가 진짜 너무 늦었다"는 말을 떠올리면서 생각한다. '그래, 이미 늦었는데 서두를 게 뭐 있어. 그냥 천천히 가련다.' 포기가 아니다. 그냥 받아들이는 거다. 기대했던 것과는 다르게 20대에 모두가 꽃길을 걷는 게 아니란 것을.

예능 프로그램 「꽃보다 누나」를 보다가 중년 배우 윤여정이 무심하게 던진 말이 인상 깊었다. "선생님은 믿고 들어간 작품이 막상 찍다 보니 마음에 안 들면 어떻게 이겨 내세요?" 후배가 묻는 말에 그녀는 이렇게 답했다. "똥 밟았다 그러고 그냥 해야지 어떡해. 잃는 것만 있는 것 같은데, 근데 하다 보면 사람을 얻어." 똥 밟았다고 친다는 말이 왜 그리 큰 위로가 되던지. 그렇다. 지금이 마음에 안 들고 되는 일이 없는 것만 같아도 뭔가 얻는 것이 있다. 지금은 비록 똥 밟았어도 훗날 꽃길을 걸을 때 유용한 거름이 될지 모른다.

나도 내 앞에 어두운 얼굴로 앉아 있는 그녀에게 말했다. "잘나가고 있는 네 친구는 지금 꽃길을 걷고 있는 거고, 넌 안타깝게도 똥 밟은 거야. 그런데 지금이야 그렇다 해도 나중에 어떻게 될지 모르지. 결과는 두고 봐야 아는 거야. 그리고 서른은 절대 마지노선이 아니야. 언제든 더 좋은 날이 올 거야. 나만 해도 20대 때보다는 30대가 일이 더 잘 풀리는 것 같은걸. 물론 똥 밟을 때도 있긴 해. 아, 최근에도 똥 밟았어."

다시 생각해 보니 어색한 사이에 나눌 만한 품위 있는 이야기는 아니다. 그래도 똥, 똥, 거린 덕분에 똥 얘기만 나오면 까르르 웃는 아이들처럼 깔깔거리며 훨씬 가까워졌다. 부디 그녀의 고민이, 그녀 외에도 많은 사람이 하고 있을 고민이 조금이나마 덜어졌으면 한다.

냉장고
파먹기

~~~~~~~~~

　　장 봐 온 식재료들을 냉장고에 넣으려다 깜짝 놀랐다. '꾸웩' 하고 금방이라도 속에 든 걸 우르르 쏟아 낼 것 같은 냉장고. 이런, 분명 어제까지만 해도 비좁기는 해도 사이사이에 이것저것 쏙쏙 집어넣을 틈이 있었던 것 같은데……. 장바구니 속 싱싱한 식재료들의 신선도를 유지하기 위해선 서둘러 냉장고 속 묵은 재료들부터 꺼내야 했다. 냉장고 속은 그야말로 신세계였다. 대체 언제부터 자리를 꿰차고 있었는지 모를 무언가가 줄줄이 나온다. 구조할 시기를 놓쳐 제 형태를 잃고 흐물흐물해진 채소, 이미 냉장고에 있는 걸 깜빡하고 몇 개씩이나 사들인 소스들, 긴 유통 기한만 믿고 구석에 방치해 둔 재료들이 한가득. 이 모든 것들이 냉장고 주인의 게으름을 증명하고 있었다.

버릴 건 버리고, 그나마 쓸 만한 재료들만 골라냈다. 아까와는 다르게 꽤 넓은 공간이 생긴 냉장고의 문을 닫으며 시계를 보니, 오랜 시간이 흘러 있었다. 생각보다 많은 에너지를 쓴 탓에 방전된 몸을 침대에 눕히며 결심했다. 알뜰족 사이에서 유행이라는 냉장고 파먹기, 나도 한번 해 봐야겠다고. 자기 쓰임을 다하지 못하고 쓰레기봉투에 버려진 식재료들에 대한 미안한 마음과 생활비를 아끼겠다고 비싼 화장품을 포기해 놓고 정작 그만큼의 돈을 낭비했다는 죄책감을 덜어야 했다.

'냉장고 파먹기' 방법을 검색해 봤다. 나름 유용하다고 생각되는 것, 세 가지를 종이에 적었다. 첫째, 황금 레시피를 포기하는 것. 없으면 없는 대로 있으면 있는 대로, 필요한 재료가 없으면 대체 가능한 재료를 넣거나 그마저도 없으면 그냥 안 넣으면 그만. 둘째, 냉장고 지도 그리기. 냉장고 각 칸마다 어떤 음식이나 재료를 넣어 뒀는지 눈에 보이게 메모해 두면 재료를 썩혀서 버리지 않고, 적절한 조합을 찾아낼 수 있다고 했다. 셋째, 냉장고의 선순환 구조 만들기. 숙련된

'냉파족'들이 가장 강조하는 것이 바로 이것이었다. 냉장고가 비워져 갈 때쯤 꼭 필요한 식재료만 구입하는 것. 냉장고를 파먹는 것만큼이나 중요한 게 잘 채워 넣는 것이라는 말이었다.

냉장고 파먹기 비법을 숙지한 후, 종이를 냉장고 문에 붙여 놓고 냉장고 속 칸칸이 어떤 재료들이 있는지 하나하나 적어 봤다. 그것만으로도 뒤죽박죽 엉망이던 냉장고 속이 정리된 느낌이었다. 적어 놓고 보니 머리로만 생각할 때보다, 재료를 조합해 만들 수 있는 음식이 더 선명하게 떠올랐다. 다음에 장을 볼 때 무엇을 채워 넣으면 좋을지도 생각이 났다. 좋은 음식을 만드는 데 중요한 건 냉장고 속의 좋은 재료가 아니라, 냉장고를 관리하는 방법이다.

어쩌면 사람의 재능도 마찬가지 아닐까. 재능은 그 사람이 가진 특별한 재료가 아니라, 그 재료들을 잘 관리하고 쓸 만한 무언가로 만들어 내는 능력이란 생각이 문득 들었다. 한때 나도 내 안에 '재능'이란 싱싱한 재료들이 차고 넘친다고 믿었다. 무엇이든 꺼내 쓸 게 가득 차 있고, 그것들이 언젠가는 특별한 요리로 재탄생할 거라 확신했다. 어떤 재료를 사용하면 좋을지 몰라 일단 좋아 보이는 것부터 이것저것 다 꺼내 봤다. 뭘 꺼내느냐에 따라 꿈도 달라졌고, 미래에 대한 그림도 달리졌다.

그런데 사회에 발을 내딛고도 만족할 만한 요리를 만들어 내지 못했다. 원래부터 내가 가지고 있던 재료가 부실했던 건지, 적절한 재료를 잘 골라내지 못한 건지, 아니면 재료는 좋은데 요리 실력이 없는 건지, 항상 결과는 기대에 못 미쳤다. 더구나 더 나이가 들면서 싱싱했던 재료들은 생기를 잃어 갔고, 일부는 형체도 알아보지 못할 정도로 부패해 버려야만 했다. 그렇게 나라는 냉장고도 텅텅 비었다.

그때의 실망감이 컸던 이유는 어려서부터 사람은 누구나 남다른 재능 하나씩은 갖고 있다고 믿었기 때문이다. 재능에 맞는 일을 찾으면 일이 즐겁고 만족감도 클 줄 알았다. 반대로 일에서 스트레스를 받는 건 재능을 발견하지 못해선 줄 알았다. 그래서 내 안에서 자꾸 무언가를 찾으려고만 애를 썼던 반면, 계속해서 잘 채워 넣어야 한다는 생각은 미처 못 했다. 제때 잘 채우지 못해 결국 나중엔 생기 잃은 재료들만 붙잡고 "나는 잘하는 게 없다"는 푸념만 늘어놓았다.

나는 뒤늦게 '나'라는 냉장고 관리에 힘쓰고 있다. 예전

엔 내 안의 재료로 근사한 요리를 만들어 내는 요리사 역할
에 욕심을 냈다면, 이젠 냉장고 속 재료들을 선순환시키는 책
임감 있는 냉장고 주인이 되기로 했다. 게으름 피우지 않고
나에게 필요한 경험, 새로운 시도, 나에 대한 고민, 용기 있는
도전 등을 계속 채워 넣으며 생각의 지도를 그리다 보면 재
능이 생길 것이다. 내 안의 재료들을 적절하게 조합해 내 입
맛에 딱 맞는 인생을 만드는 재능. 남들의 입에 맞지 않아도,
남보다 뛰어나지 않아도, 전혀 남부러울 것 없는, 나에게 맞
는 인생의 요리를 만들 날이 온다고 믿는다.

마치며

고단한 어른살이에도
분명 기댈 곳은 있다

　시간이 지나니 어느 날 갑자기 어른이 되었다. 하지만 삶
의 무거운 짐들은 어느 날 갑자기 얹어진 게 아니다. 학생일
때도 나름대로 고민과 삶의 무게가 있었다. 다만 다들 같은
상황에 처해 있는 경우가 많아 누군가 힘들어할 때 서로 어
깨를 빌려 주기가 수월했고, 함께 고민을 털어놓으며 성장할
수 있었다. 반면 어른이 된 지금은 각자의 상황에 따라 겪어
내는 저마다의 고민과 고충을 비교부터 하게 된다. "너만 힘
드냐, 내가 더 힘들어" 하는 생각에 상대에게 내 어깨를 내어
주는 것에 인색해진다. 어쩔 수 없다. 누구나 각자의 자리에
서 자신만의 사정을 안고 살아가는 거니까. 그렇게 기댈 곳

없이 온갖 무게를 짊어지고 쓸쓸히 휘청거리는 어른들을 볼 때면 안타까운 마음이 든다.

나는 우리가 기댈 곳은 다름 아닌 반복되는 삶 속에 있다는 걸 알려 주고 싶었다. 많은 사람이 현실에 치이고 남들이 던져 주는 삶의 과제들을 좇다가, 자기가 어떤 사람이고 무엇을 좋아하는지조차 모르는 무미건조한 인간이 되어 버린다. 그들이 흔히 하는 착각이 있다. 돈과 시간이 많아 해외로 여행도 자주 다니고, 가지고 싶은 물건들도 마음껏 사고, 편안한 장소에서 시간을 늘여 오랫동안 쉬다 보면 삶의 무게가 줄어들 거라는 착각. 하지만 돈과 시간에 기대는 것은 그리 좋은 방법이 아니다. 돈과 시간은 구멍 난 튜브와 같다. 처음엔 지친 몸을 편안히 떠받쳐 주는 것 같아도, 금세 의미를 잃고 가라앉아 버리기 때문이다.

그러니까 더더욱, 나를 나답게 만드는 것들에 집중해 보면 좋겠다. 우리는 똑같은 틀 안에서 만들어진 붕어빵 같은 존재들이 아니니까. 삶의 단계에 따른 동일한 목표를 수행하고, 세상의 기준에 나를 끼워 넣고 모난 부분을 잘라 낼 필요가 없다. 나는 그냥 나인 거다. 소심하고 용기가 적어도, 남보다 좀 부족하거나 이기적이라는 소리를 들어도. 어쨌든 내 몸의 무게를 책임지며 한발 한발 나아가고 있는 것만으로 충분하다. 스스로 만족한다면 누가 알아주지 않아도 그 자체로 충분히 행복하다는 '자신감', 그리고 때론 자기 짐을 아무렇지 않게 떠넘기려는 이에게 쓴소리를 날릴 수 있는 '당당함'을 갖자. 삶의 무게를 가뿐하게 떠받쳐 줄 탄탄한 부력을 갖고 싶다면 무엇이 나를 행복하게 하는지 제대로 알아야 한다. 소중한 것은 어떤 상황에서든 끝까지 지켜 내야 한다.

나는 주위 사람들의 시선을 의식하며 그들의 작은 반응에도 초조해하던 사람이었다. 다른 사람들에게 내가 어떻게 비춰질지 걱정돼, 내 삶에서 소중한 것들에 온전히 집중하지 못했다. 한참 후에야 알았다. 나의 이런 행동이 일의 무게, 책임의 무게, 마음의 무게, 세월의 무게 등을 늘리고 삶을 더 버겁게 만들고 있었다는 걸. 그래서 이 책에는 무거운 삶의 문제들을 껴안고 기댈 곳을 찾아 헤매던 나의 모습부터, 삶의 무게를 줄여 보고자 했던 고민을 담았다.

끝까지 읽어 준 당신에게 고마운 마음뿐이다. 이제 당신에게도 남과 삶의 무게를 비교하지도, 비교당하지 않을 용기와, 삶의 무게를 거뜬히 책임질 힘이 생겼으리라 믿는다. 자, 그럼 이제 당신이 찾은 삶의 부력에 몸을 맡기고 잠깐이라도 온 힘을 쫙 빼 보자. 세상의 속도에 발맞추기 어려울 때, 어깨가 무겁고 머리까지 지끈거릴 때는 잠깐 멈춰 내가 소중하게 생각하는 것들에 올라타 보는 거다. 누가 어떻게 보든, 뭐라고 하든 나의 본질에 집중하면서. 당신 삶에 고단함의 무게는 줄어들고 소중한 것들은 더욱 늘어나길 기대한다.

인생에도 부력이 필요하다
삶의 무게를 줄이는 방법

초판 1쇄 인쇄 2018년 10월 5일
초판 1쇄 발행 2018년 10월 17일

지은이 김민영
펴낸이 김선준

책임편집 채윤지
편집팀장 마수미 **편집팀** 김수나, 문주영
디자인 김미령, 디자인쓰봉
마케팅 오창록

외부 디자인 서은주

펴낸곳 포레스트북스 **출판등록** 2017년 9월 15일 제 2017-000326호
주소 서울시 마포구 동교로 64-9 2층
전화 02) 332-5855 **팩스** 02) 332-5856
홈페이지 www.forestbooks.co.kr **이메일** forest@forestbooks.co.kr
종이·출력·인쇄·후가공·제본 (주)현문

ISBN 979-11-964152-9-7 (03810)

포레스트북스(FORESTBOOKS)는 독자 여러분의 책에 관한 아이디어와 원고 투고를 기다리고 있습니다. 책 출간을
원하시는 분은 이메일 writer@forestbooks.co.kr로 간단한 개요와 취지, 연락처 등을 보내주세요. '독자의 꿈이 이
뤄지는 숲, 포레스트북스'에서 작가의 꿈을 이루세요.